TUGUMI

鸫

BANANA
YOSHIMOTO

[日]
吉本芭娜娜 —— 著
弭铁娟 —— 译

上海译文出版社

目录

妖怪信箱

鸫的确是一个不招人喜欢的女孩儿。

离开了以渔业和旅游业为主的宁静的故乡小镇，我来到东京上大学，在这里，每天依然过着快乐的生活。

我叫白河玛丽亚，和圣母有着同样的名字。

但我内心里却觉得自己和圣母一点儿关系也扯不上。尽管如此，不知为什么，在这里新结交的朋友们每每谈到我的性格时，却都异口同声地用“宽宏大量”呀、“冷静”呀之类的词来形容。

其实，总的说来我是一个急脾气的人。不过有时候连我都觉得自己不可思议。东京这里的人们，动不动就因为一些小事发脾气，诸如下雨了、讲座取消了、狗随地小便了，等等等等，随便一件小事就让他们怒发冲冠。与之相比，我可能确实有些不一样。当怒火拱上心头的那一刹那，就像涌上来的海浪被沙滩吸走一样，转瞬就消失得无影无踪了……曾经以为这是因为自己在乡下长大的缘故，以为是那个环境养成了这样一种与世无争的性格。直到前几天，因为迟了一分钟，教授拒收我的作业，气得快要发疯的我，在回家的路上抬头凝视着夕阳时，才突然意识到："都怨鸫！不，应该说，多亏了鸫，我才能这么快就平静下来。"

无论是谁，每天大概至少都会遇上一次让自己气愤的事吧。每每这个时候，我发现总是在不经意中，内心深处像念经一样冒出一个声音："和鸫比起来，这点事儿算什么呀。"在和鸫相处的过程中，我深深地领悟到：生气发火改变不了任何结果。于是，当我看着傍晚那橘红色的天空时，竟有一种想哭的感觉。

人的爱情是可以源源不断地倾注的，就像日本的自来水一样，只要打开水龙头，就永远没有穷尽的时候。我突然毫无来由地这样想到。

这个故事，发生在我最后一次回到少女时代生活过的海滨小镇度暑假时。书中登场的山本屋旅馆的人们，早已离开了那片土地，搬到别的地方去了。今后恐怕也不会再有机会和他们生活在一起了。所以，我对那里的记忆，也只能停留在我和鸫一起度过的那段日子。

鸫从刚出生时起，体质就非常羸弱，身体里的各个机能都出现了问题。医生说她活不了多久，家里人也都有了思想准备。于是，周围的人对她都百般宠爱，她妈妈不辞劳苦地带着她走遍了日本各地的医院，竭尽全力想延续鸫的生命，哪怕是多一天也好。就这样到了鸫蹒跚学步的时候，她的性格在被大家的娇宠中，一下子凸显了出来。特别是在她的身体状况可以勉强应对日常生活后，这种性格发展得愈加突出。鸫喜欢刁难人、性格暴躁、言语粗鲁、恃宠娇蛮、狡诈奸猾。她能够把别人最不堪的事情在绝妙的时刻用最准确的语言丝毫不留情面地说出来。那时，她那一副得意扬扬的胜利者的样子，简直就像个恶魔。

鸫的家就在她家经营的山本屋旅馆里，我和妈妈住在离那里不远的另一个地方。

我父亲住在东京，他费了很大的周折才终于和早已分居的前妻离了婚，然后和我妈妈正式结了婚。为此，他们不得不频繁地奔波于两地，看上去很辛苦。但是，因为他们梦想着一家三口能在东京一起生活。所以对此他们不以为苦，反以为乐。正因如此，我们家表面看起来好像很复杂，但我作为他们的独生女，却是在恩爱父母营造的平和的家庭氛围中长大的。

山本家是妈妈的妹妹政子小姨的婆家。妈妈在他们家经营的旅馆的厨房打工。他们的家庭成员有旅馆的经营者姨夫山本正、小姨政子，还有他们的两个女儿，一个是鸫，还有一个是姐姐阳子。一共四口人。

如果给深受鸫的性格之害的人弄个排行榜，那么前三名分别是小姨政子、阳子和我。姨夫从来不往鸫的跟前儿凑，所以得以幸免。可笑的是我这个人竟然也榜上有名。因为前面的两个在养育和照顾鸫的过程中，温柔和蔼得早已能和天使媲美了。

从年龄上来算，阳子比我大一岁，我比鸫大一岁。但是我从来没有感觉到过鸫比我小。因为她从小到大，性格一直都那样粗野，好像从来没有变过。

鸫的身体不好，经常不得不卧床休息。每当这个时候，鸫的脾气就变得更加狂暴。为了让鸫能够静养，他们家把旅馆三楼一间整洁漂亮的双人房间给鸫单独使用。她的房间观景效果最好，从窗口能够看到海。白天，阳光灿烂；雨天，波涛汹涌、云雾缭绕；夜晚，垂钓墨斗鱼的船上灯光闪闪，那是海上最美的景致。

因为我自己身体健康，所以无法想象每天生活在死亡的阴影下那种焦躁不安和煎熬。不过我觉得，如果不得不长期在那间屋子里卧床的话，起码那些海的景色、潮汐的气味是不能没有的。但是鸫好像根本不这样想，她不是把窗帘粗鲁地撕开，就是把防雨木窗用力关上。有时把米饭全部扣在地上，有时把书架上的书全部扔到榻榻米上，一年到头屋子里就好像被巫婆施了魔咒一样，让和善温柔的家人们哀叹不已。不知什么时候，她真的对"黑魔术"着了迷，自称"魔鬼使者"，要驯养魔兽，在家中养了大量的鼻涕虫、青蛙、螃蟹（这也是海边的地方特色吧），甚至偷偷放到旅馆的客房里，引来了住店客人的不满。小姨、阳子，甚至连姨父都为鸫的恶行愁得直掉眼泪。

而这个时候，鸫却冷笑着说："别哭了！要不今晚我突然死给你们看看，看你们怎么难受。"那一瞬，她的笑脸看上去竟有些像弥勒佛。

的确，鸫很美。

乌黑的长发、白皙透明的皮肤，虽是单眼皮，但眼睛大大的、睫毛又浓又长，当她垂下眼帘时，睫毛会在脸颊上形成一弯淡淡的阴影。纤细修长的手脚，白皙的皮肤下能够看到蓝色的血管，身材娇小玲珑，五官端正漂亮。鸫就像是上帝精心制造出来的一个美丽的洋娃娃。

从中学时代开始，鸫就常常哄骗同校男生和她一起去海边散步，一起去散步的男生就像是走马灯一样，一天一换。在这个不大的海滨小镇，很快就引来了人们不好的议论。不过大家都宁愿相信是鸫的温柔美丽才引来了那么多的追求者。鸫在外面就好像换了一个人一样，好在她还没有恶劣到对住旅馆的客人下手，这一点真的是谢天谢地，否则，也许人们会以为山本屋旅馆是卖淫的地方呢。

傍晚，夕阳西下的海湾，鸫和一个男孩子沿着高高的防波大堤在散步。夜幕降临的天空中，鸟低低地飞翔着，海水波光粼粼，静静地拍打着海岸。像沙漠一样空旷洁白的沙滩上，只有狗跑来跑去玩耍着，几条小船被海风吹得摇来摇去，远远地可以隐隐约约地看到海岛的影子。被染成淡红色的彩云，向海的尽头沉下去。

鸫走得很慢很慢。

男孩子有些担心似的把手伸向鸫，鸫依然低着头，伸出纤细的手握住，然后抬起头微笑。脸庞在夕阳的映照下光彩夺目，那笑容就像夕阳西下时瞬时即变的天空一样，美丽动人令人怜惜。洁白的牙齿、纤细的脖颈、凝视着男孩子时大大的眼眸，这一切仿佛随时都会伴随着风沙和海浪声，瞬间消失得无影无踪。是的，如果有一天，这样的事真的在鸫的身上发生了，我也毫不奇怪。

鸫的白裙在海风吹拂下飘舞着。

“原来，你也可以变成另一个人啊！”看到这种场景时，我一边在心里恨恨地想着，一边却莫名地有一种想流泪的感觉。尽管我深知鸫的本性，但这一切却依然会让我震撼，让我哀伤。

后来发生了一件事，使我和鸫真正成为了好朋友。当然，小时候我们也经常在一起玩，如果能够忍受住鸫可怕的捉弄和恶毒的嘴巴，和她一起玩还是蛮有意思的。在鸫的想象中，这个小小的渔业小镇就是一个无限的世界。即使是一粒沙子也是一个神秘的碎片。她聪明好学，虽然因病常常请假，但她的成绩却一直名列前茅。她读书涉猎的范围很广，懂得很多深奥的知识。本来也是，如果没有个聪明的脑子，大概也想不出那么多花样繁多的恶作剧吧。

我和鸫在小学一二年级的时候，玩过一种叫做“妖怪信箱”的游戏。在山脚下小学后面操场旁边有个废弃的百叶箱（气象观测箱），鸫假设：那里通往灵界，里面有从灵界寄来的信。白天，我们把从杂志上剪下来的恐怖照片和报道放在里面，半夜，我们俩再到那里去取。白天去一点儿也不觉得害怕的地方，到了黑漆漆的晚上悄悄走到那里时，竟然真的觉得恐怖得要命。我们有一阵子特别迷恋这种游戏。但是，随着时间的推移，这种游戏也和其他类似的游戏一样渐渐地被忘记了。升到初中以后，我加入了篮球部课外活动小组，训练很累，顾不得和鸫玩了。每天回到家已经很晚，而且要做作业。渐渐地，鸫就成了一个只是“住在旁边的表妹”了。

我要说的事件正是发生在那个时候，记得好像是我上初二那年放春假的时候。

那天晚上淅淅沥沥地下着雨，我待在自己房间里哪儿也没去，海滨小镇的雨总是带着海水的气息。我在夜晚的雨声中，心情沉郁。那时外公刚刚去世，我一直在外公外婆家长到五岁，和外公的感情特别好。即使和母亲两人一起搬到山本屋来以后，也经常回去看外公，而且和他保持着频繁的书信往来。那天，我请假没去参加篮球训练，什么也不想做，眼睛哭得红红地靠在被子上。母亲隔着拉门告诉我："鸫的电话。""就说我不在。"我回道，现在没有精神见鸫。母亲也深知鸫的厉害，说"好吧"，就走了。我又坐回到地板上靠着被子，胡乱地翻看杂志，正当我昏昏沉沉地打起瞌睡的时候，突然听到有人穿着拖鞋"啪嗒啪嗒"地从走廊另一端走过来，抬头瞬间，拉门已经被拉开，鸫浑身湿淋淋地站在那里。

她上气不接下气地呼哧带喘，透明的雨滴从雨衣的帽子上滴滴答答地滴到了榻榻米上，她的眼睛睁得大大地轻声叫道："玛丽亚。"

"什么？"

我似梦似醒地看着表情恐惧不安的鸫。鸫用态度蛮横的语调说："喂，快醒醒！不得了了，你看看这个！"

说着，她从雨衣的口袋里小心翼翼地掏出一张纸，直接递给了我。我心想"什么呀，搞得好像多严重似的"，心不在焉地单手接过了信。但是，当我一眼看到上面的字时，我却有一种突然被推到了聚光灯下的感觉，紧张得不知所措。

那苍劲有力的毛笔行书，毫无疑问是让我永远难忘的外公的笔迹。开头部分和过去每次给我写信一样，上面写道：

我的宝贝玛丽亚：

再见，照顾好外婆、爸爸、妈妈。希望你能成为一个不给圣母的名字抹黑的出色的女性。

龙造

我一下子惊呆了，那一瞬，我仿佛看到了外公端坐在书桌前那直挺的背影，禁不住着急地问鸫：“这是怎么回事？”

鸫红红的嘴唇颤抖着，眼睛定定地看着我，神情严肃地用一种近乎祈祷的语气说：“你信吗？这是在‘妖怪信箱’里拿到的。”

“你说什么？”

一刹那，那个早已被我忘得一干二净的百叶箱又浮现在脑海里。鸫压低声音，悄悄地说：“和你们这些人比，我是个离死更近的人，所以对这种事情，我更清楚。刚才我睡觉的时候，梦到了外公，醒来后总有一种不舒畅的感觉，因为好像外公想说什么似的，过去外公也给我买过好多东西，对我也挺好。梦里还有你，外公好像是在和你说话，因为你是外公最喜欢的外孙女嘛。这时，我突然想起了那个‘妖怪信箱’，就跑去看，于是就……外公活着的时候你有没有跟他说过‘妖怪信箱’？”

“没有讲过啊。”我摇着头说。

“啊？那就太可怕了！”鸫大叫一声后，用一种郑重其事的语调说：“那个百叶箱，真的变成‘妖怪信箱’啦。”

然后，鸫两手交叉，捂在胸前，闭着眼睛，仿佛在回忆自己冒着雨跑向信箱时的情景似的。

黑夜里，淅淅沥沥的雨依然不停地下着，我的心急速地跳着，仿佛离开了现实，被鸫描述的夜晚吸引了过去。迄今为止的一切，生也好、死也好，好像都被一个神秘的漩涡慢慢地带到另一个真实的地方，那是一种轻飘飘的令人不安的寂静。

“不管怎样，”我语气镇定有力地说。那一刻，我突然觉得鸫温顺的样子，好像一点儿也经不起重大事件考验似的。“这件事绝对不能对任何人说，你现在马上回家，暖暖和和地睡一觉，虽然说是春天，但是毕竟下着雨，小心别再发烧。赶快回家换衣服。

关于这件事，我们改天再说。”

“嗯，好吧。”鸫晃晃荡荡地站起来说：“那我走了。”

“鸫，谢谢你！”冲着快要走出门的鸫，我说道。

“不用。”说完，鸫就头也不回地走了，敞开的门也没给关上。

我坐在地板上，一遍又一遍地读着那封信，眼泪滴滴答答地落在地毯上，想起在圣诞节的早上，我被外公那声“有圣诞老人给你的礼物哟”叫醒，睁开眼睛看到枕边礼物时的情景，那种甜蜜和神圣的感觉和现在是如此相似。越读眼泪越止不住地流，我捧着信，哭了很久很久。

这种事，我愿意“宁可信其有”。

一开始我也曾经怀疑过，毕竟这事和鸫有关。

但是，那流畅的笔迹，以及只有我和外公才知道的开头称呼“我的宝贝”，被雨水淋得湿漉漉的鸫，那让人无法怀疑的眼神、口气。还有那个一向玩世不恭的鸫竟那么郑重其事地说：“和你们这些人比起来，我是一个离死更近的人……”啊，彻底被她骗了。

很快，第二天就知道了真相。

关于那封信，我想再多了解一些详细情况，于是第二天中午去找她。鸫不在，我只好坐在她房间里等。鸫的姐姐阳子端茶进来，语气有些悲伤地说：“鸫现在在医院。”

阳子身材矮小、圆润。说话总是柔声细语像唱歌一样好听。不管鸫怎样对她，她也总是文雅恬静、暗自忧伤，从来都不急不火。鸫总是嘲笑姐姐：“那么迟钝的家伙，不配做我姐姐。”我却非常喜欢阳子，甚至尊敬她。和鸫在一起生活，不可能没有委屈，但是脸上总是挂着明朗笑容的阳子，简直就像天使一样。

“鸫病了吗？”我担心地问道。心想昨天下雨的时候她真不该出去。

“嗯……，也不知怎么了。她最近每天都在拼命地练书法，结果……”

“什么？”我顾不上还在发呆的阳子，开始仔细查看起鸫的书架。于是，我发现了一本《行书体练习字帖》，还有大量的纸、墨、砚台、毛笔等等，还有更确凿的证据——那封外公的信，让人觉得就好像是从我房间里偷出来的一样。

与其说愤怒，不如说我更多的是震惊。

为什么她要做到这个地步？平时她连毛笔都不摸的，这么执著地写出那样的东西到底是为了什么？是从哪儿来的这么大劲头？我实在是无法理解。在洒满了春日的房间里，我只是茫然地望着窗外那隐隐约约闪着波光的大海，陷入了沉思。当阳子刚要开口问“到底是怎么回事”时，鸫回来了。

她脸烧得通红，脚步蹒跚地靠在政子小姨的身上，走进房间，一看到我的表情，她笑了，说：

“露馅儿了。”

在那一瞬，我的脸因愤怒和羞辱变得通红。我猛地站起来，狠狠地推了鸫一把。

“玛、玛丽亚！”阳子吓得喊道。

鸫咕咚一下撞到拉门上倒了下去，接着又撞到了墙上。

“玛丽亚，鸫她现在……”小姨的话刚一出口，我大哭着摇头叫道：“住口！”然后狠狠地瞪着鸫。看到我真的被气坏了，连伶牙俐齿的鸫这时也不出声了。谁也没有这样猛推过鸫。

“如果你闲得只能做这种混账事，”说着，我把那本《行书体练习字帖》甩到榻榻米上，“不如马上去死，死了算了！”

也许在那一瞬，鸫顿悟到：如果她不认错，我可能真的会和她绝交。的确，我也确实是这样想的。鸫倒在地上没动，用清澈的目光直视着我的眼睛，然后，从她的嘴巴里轻轻地迸出了鸫有生以来不管发生什么，不管什么时候，即使撕裂她的嘴也绝不会说的几个字。

“玛丽亚，对不起。”

小姨、阳子大吃一惊，而我比她们更感到震惊！一时三个人都屏住呼吸，谁都不发一言。鸫竟然也会道歉？……竟有这样的事！我们就那样一动也不动地呆立在这午后灿烂的阳光里，远远地传来风吹过街道的声音。

“呵呵呵。”鸫突然发出的笑声打破了屋里的寂静。“你还是相信了，对吧？玛丽亚。”一边说着，鸫一边笑着把身子扭来扭去。“让我说你什么好呢，稍微有点儿常识，过过脑子就能知道，死了的人怎么能写信，真是猪脑子啊！哈哈哈……”

鸫本来还忍着，这时却终于忍不住了似的，捧腹笑倒在地上。

看到她那样子，我也忍不住“噗”地笑了出来，红着脸笑着说：“真服了你了！”然后，我们把前一天晚上发生的事情讲给了一直呆站在旁边不知所措的小姨和阳子听，逗得她俩也哈哈地笑个没完。

是的，这件事不管是好是坏，我和鸫却因此成了真正的好朋友。

春天、山本家的姐妹

今年初春，父亲和他的前妻正式离了婚，叫我们母女搬到东京和他一起生活。当时我刚参加完东京地区的大学考试，恰巧等待父亲消息的日子和高考发榜的日子重叠到了一起，所以那几天我和母亲对家里的电话铃声都格外敏感。偏偏在这个时候，鸫总是故意打来电话，都是些“没什么事，你好吗?”“樱花谢了。”之类没话找话骚扰人的电话，一天数次。好在我和母亲这些日子心情都特别好，所以每次都欣欣然地接起来:“哎呀，是鸫啊！……那么，回头见。”

那时，我和母亲的心中都喜不自禁地有一种预感——很快就要搬到东京去了。那感觉，就像冰雪融化、春天到来一样。

这一天母亲已经等了许多年了。她一边在山本屋旅馆工作，一边等待着。虽然平时从表面上看不出她有什么痛苦，实际上，她不过是故意装出那副样子。那样才可以最低限度地把痛苦掩藏住。大概正是因为母亲的泰然自若、乐观开朗，才使父亲愿意常回来，最终没有放弃母亲吧。但母亲绝对不是一个天生坚强的人，只不过在不觉间，她努力让自己变得坚强而已。有时偶尔会听到母亲在政子小姨面前诉苦，但是因为她总是面带微笑在说，所以如果没有听那些内容，实在是听不出她是在“倒苦水”。印象中，政子小姨总是笑着点头，却不知如何回答才好似的。不管周围的人对妈妈怎样好，看不到未来、寄人篱下的“第三者”的生活却是无法改变的。想必妈妈的内心里，也有很多不安，也有疲惫得想哭的时候吧。正是因为能够理解母亲的心情，我好像没经历什么逆反期，就顺利地过来了。

就这样，我们母女俩一边等着父亲，一边在这里生活着，不知不觉中这个海滨小镇给我留下了很多很多值得记忆的东西。

春天将近，天气一天天暖和起来，一想到要离开这里，平时早已看习惯的光景——山本屋旅馆那古旧的走廊，夜晚招来很多虫蛾的旅店招牌发出的光，特别容易结上蜘蛛网的晒衣竿，以及从那里可以望到的远处山峦，这时都被罩上了一层美丽的光晕，充溢于我的心中。

临行前的那些日子，每天早上，我都带着“小小”去海边散步。那是邻居田中家养的一只秋田犬，名字很常见。

晴朗的日子，清晨的海闪着光，特别耀眼。波浪仿佛碎成了千千万万个碎片，闪闪烁烁。海水冰冷地一波接一波涌上来的样子，不知怎的，竟给我一种难以靠近的神圣感。我坐在防波大堤的尽端，注视着大海的时候，小小会自己在岸边欢快地跑来跑去，周围钓鱼的人们都很喜欢它。

后来，鸫也开始跟我们一起散步了。这让我特别开心。

在小小还很小的时候，鸫就总是欺负它，有一次被小小狠狠地咬伤了手。我还记得当时我、阳子、政子小姨以及母亲四个人正准备吃饭，政子小姨随口问道：“也不知鸫去哪儿了？”刚说完，鸫就举着血淋淋的手脸色惨白地走进屋来。“怎么了？”政子小姨急急慌慌地站起来。而鸫却像什么也没发生似的，冷静地说“被狗咬了”。看到这滑稽的场面，我、阳子、母亲禁不住“扑哧”一下笑了出来。从那以后，小小和鸫就结下了仇，每当鸫从侧门出入时，小小就汪汪地叫个不停。因为这样会吵到客人，我们大家为此伤透了脑筋。而我和他们两个关系都很好，所以总是不由得把这件事挂在心上。而今在我离开这里之前，看到他们终于和解，心里自然特别高兴。

除了下雨的日子，鸫总是和我们一起去散步。早上，我打开防雨的木板套窗，小小听到声音，就欢快地雀跃着从它的小屋里飞奔出来。我急急忙忙洗把脸，换上衣服走出来，把山本屋与田中家院子之间的那道小木门悄悄地打开，抓住奔跑过来的小小脖子上哗啦哗啦作响的铁链子，给它换上皮绳套，再把它从小木门里牵出来，这时，鸫往往已经等在那里了。一开始小小好像很讨厌鸫，鸫对小小也好像心有余悸似的，总是小心翼翼的。所以最初，早上的散步气氛有些沉闷。但是，慢慢地习惯以后，小小也肯让鸫牵着皮绳了。晨光中，鸫一边被小小拽着跑，一边叫着："别着急！"那样子显得特别可爱。我这才知道："原来鸫一直是想和小小和好的呀……"想到这儿，竟有些感动得要落泪。但是，小小跑得实在是太快了，鸫跟不上，只好拼命地把皮绳往回拽，使小小的前脚腾空离开了地，只能用后脚站立着。看到这情景我知道自己还是不能掉以轻心，如果不小心把人家的狗给弄死了就糟了。

对于鸫来说，这种程度的运动正适合她。自从鸫加入我们的散步以后，我把路程缩减了一半。即使是这样，我还是有些担心。后来看到鸫的脸色一天比一天好，也不再发烧了，才终于放下心来。

有一天早上散步的时候。

那天，天气晴朗，万里无云。海水和天空都呈现着一种淡淡的蓝色。所有的景物在朝阳的辉映下，都披上了一层耀眼的金光。在海滩的中央有一个用木头搭起来的瞭望塔。那是夏天监视员在上面看守大家游泳的塔台。我和鸫沿着梯子攀登上去。一开始，小小羡慕地围着监视塔跑来跑去，后来大概是知道自己反正也爬不上来，只好放弃，沿着海岸跑远了。鸫故意坏坏地喊道：

“笨蛋！活该！”

小小也不客气地“汪！汪！”回应着。

“你怎么那样说它啊？”我愕然。

“反正畜生也听不懂人话。”

鸫看着海笑着说。薄薄的刘海被风吹得在额头上飘动着。因为一直奔跑的缘故，红红的脸颊，皮肤透明得仿佛能看到血管。眼睛在海的映衬下闪着晶莹的光。

我也把目光转向了大海。

海是那么不可思议，两个人一起面向大海时，不管是静默以对，还是高声欢语，不知怎么，这时好像都变得无所谓了。大海让你永远看不厌倦，波涛的声音、平静的海面，即使是波涛汹涌，那巨大的海浪声也不会让人厌烦。

无论如何，我都无法想象我搬到一个看不到海的地方后，会是怎样一种感觉。因为实在找不到那种感觉，我甚至莫名其妙地不安起来。心情不好的时候；夏天海边人潮如涌的时候；隆冬里繁星布满天空的时候；迎接新年去神社参拜的时候；侧过脸去，海，总是一成不变地陪伴在那里。小时候也好，长大了也好，邻居家奶奶临死时也好，医生家生孩子时也好，第一次约会也好，失恋也好。无论什么时候，海总是宁静地环抱着这个小镇，潮涨潮落，永无止息。天气晴朗能见度特别好的日子，能够清楚地看到对岸。这时的大海，无须寄情于它，却仍会告诉我们很多很多东西。也许正因为如此，至今为止我对于它的存在，以及永不停息地拍岸的涛声，从来没有仔细地去回味过。但是，让我无法想象的是，住在都市的人们，他们又是面对什么来思考“平衡”的呢？大概是月亮吧。然而，月亮和大海相比，实在是太远太小了，反倒让人觉得心里没底。

“鸫，我到现在也无法相信，我将怎样在一个没有海的地方生活。”我禁不住脱口而出。当把刚才的所思所想说出来后，那种不安感竟更加强烈起来。晨光渐渐变得明亮强烈起来。小镇开始醒来，远远地传来人们生活中发出的各种声响。

“混蛋。”鸫好像突然生气了，她头也不回地依然看着大海，说，“有得必有失。你们不是一直都盼着一家三口团聚，在一起快快活活地生活吗？现在终于实现了。与赶走你爸爸的前妻相比，大海又算什么呀。你啊，还没长大呢。”

“说来也是啊。”

鸫回答得那么严肃认真，这让我感到惶恐。突然被这么一吓，内心的不安倒仿佛在那一瞬被吹跑了似的。或许，鸫的内心里也被这种“得”和“失”纠结着吧。平时，因为鸫总是过于强调“自我”，所以，旁人很难发现她的所得与所失。而当我无意中窥视到这一点的时候，竟莫名地感到有些悲哀。

长年来，鸫把心事藏得深深的，从不向人透露，她一直就这样生活着。

就这样，我一边一点点地梳理着内心的记忆，一边做着离开故乡的准备。好久没有见面的初中好友，高中时交往过的男孩子……我都陆续地和他们见了见，把自己要搬家的事情告诉了他们。我深知，这种恪守礼节的做法完全来自母亲的言传身教。或许因为妈妈自己身为情人的缘故，她平时在接人待物上特别注意礼节。本来我是想谁也不告诉，就那样潇洒地离去的。因为母亲大大方方地一一去和左邻右舍惜别，所以想必我们要搬家的事早就传遍了整个小镇。于是，我也只好改变了主意，把该见的人都尽量去见了见。我也开始收拾房间里的东西。

那是一种既灿烂美好，又令人心中隐隐作痛的工作。有点像波浪，那是一种自然而然的别离，无法躲避，却绝非不幸。在做着这项工作时，让人无论在何时何地，只要突然停下来，那种与其说是痛苦不如说是忧伤忐忑的感觉，就会一浪接一浪地涌上心头。

鸫的姐姐阳子和我在同一个地方打工。那是一个位于小镇中央大街边上的蛋糕店。因为在这个小镇上，专卖西式糕点的只有这一家店，所以非常有名。(听起来像是吹牛……)

那天晚上，我特意选在阳子上晚班的时候，去店里拿最后的工钱。如我所愿，店里果然把卖剩下的蛋糕分给了我和阳子，我们拿着蛋糕一起回家。

阳子把我们俩的蛋糕小心翼翼地放在自行车的车筐里，推着车子往前走，我慢慢悠悠地走在她的身边。通往山本屋旅馆的碎石路是沿着河边建成的，途中要过一座大桥，大桥的另一边就是大海，河水静静地向大海流去，月亮和路灯把河水和栏杆照得分外明亮。

“桥下开了好多花啊！”

走过桥的时候，阳子突然看着桥下说。在水泥浇筑成的桥墩处，有一小片淤积的泥土，那里开着很多白色的花，花在夜风的吹拂下轻轻地摇曳着。

“真的啊。”我说。在黑暗中，白色的花朵显得特别突出。随风舞动的白花，简直就像梦境一样，留下白色的映像。在花的旁边河水哗啦啦地流着，远处是夜色中的大海，月光映衬在海面上，仿佛一条道路闪着光，蜿蜒起伏一直通往无尽的黑暗中。

过不了多久，我就再也难以看到如此奢华的景象了。我心里这样想着，却没有说出来，因为最近阳子变得特别爱流泪，我怕说出来又让她伤感。

两个人不约而同地停住了脚步。

“好漂亮啊。”我说。

“嗯。”阳子笑着点点头。

柔顺的长发在肩膀上飘动着，虽然不像鸫那样美得令人瞩目，阳子的脸庞却显得端庄高贵。两姐妹虽然从小在海边长大，却都有着白皙的皮肤，此时在如水的月光下，阳子的皮肤更显得有些苍白。

稍稍驻足片刻，我们又接着朝家的方向走去。蛋糕盒在自行车筐里咔嗒咔嗒地晃来晃去。再有十分钟我们四个女子就会围在一起吃蛋糕了吧。眼前仿佛已经看到了那一幕：电视的声音、榻榻米的味道。我们走进明亮的房间，冲着房间里的妈妈和政子小姨说："我们回来了。"鸫肯定又会说："你们俩拿回来的那些免费蛋糕，我早就吃腻了。"却总是不客气地先选两三块她最喜欢的，拿回自己房间去吃，说是"围在一起吃，让我恶心得想吐"。鸫总是这样。

拐过一个弯，走进了看不到海的街道，但那"哗哗"的波涛声仿佛依然追随着我们，还有天上的月亮，从古老房屋的屋顶处，一直一直注视着我们。

即使是如此美好的时刻，我和阳子却都静静地、一言不发地走着。也不知是不是因为那天我把工作辞掉了的缘故。两个要好的表姐妹在一起度过的时光有多长，这时的寂寞就有多深。那寂寞就像一首若有若无的旋律一直环绕在我们周围。那时，我可能又想到了阳子“温柔和善”的人品——就像在阳光下飞落的花瓣剪影一样。也可能我什么也没有想，两个人只是边走边笑着闲聊而已。但是，无论那时多么想开心地享受两个人的独处，现在能回忆起来的，却只有黑暗的夜色、电线杆和垃圾箱的影子等一些阴暗的画面。或许这才是那天晚上我真正的感受吧。

“因为你说要在关店前过来，我就想店长肯定会把卖剩下的蛋糕让我们俩带走。所以一直等着，果然……真是太好了。”阳子说。

“是啊，有时即使卖剩下了，也不一定给我们，甚至有时候全卖光了。这次真的是运气好啊。”我说。

“回去以后，大家一起吃吧。”阳子转过脸来笑着说，戴着圆圆眼镜的面庞是那么温柔优雅。

“对了，在被鸫抢去之前，我无论如何都想吃那个苹果派。那家伙最喜欢苹果派了。”我拼命为自己争取着，想想真是没出息。

“那，这个盒子里除了苹果派没有别的蛋糕，我尽量不让她看见。”阳子又笑着说。

不管是谁，不管多么任性，在聪明的阳子面前，总是能像水渗进沙地一样，被她静静地容纳下来。或许正是环境造就了她这种乐观和冷静吧。

鸫的性格却有些怪，算了，暂且不提了。我知道在学校还有几位女生和阳子一样是“开旅馆”家庭出身的。我发现，不管这些女生是什么类型的人，她们好像都有一个共同点（也许这只是给人的一种感觉），那就是她们都懂得用一种淡淡的方式去处理人际关系。也许是因为她们从小目睹了太多的人来到自己“家”，在这里短暂地住上几天后又各奔东西的缘故吧。在这种迎来送往中，她们已经看惯了各种别离，所以学会了怎样隐藏自己的情绪，表现出若无其事的样子。我虽然不是“开旅馆”家庭出身，但是也和这些孩子差不多。我觉得自己身上好像也有类似的东西，很会让自己从那种悲凉的情绪中逃离出来。

但是，一遇到别离这件事，阳子的反应还是会不同。

小时候，我们总是趁着大人们打扫客房的时候，跑来跑去地玩。有时，有些长期住在旅馆里的客人会跟我们打招呼，问我们是不是这家旅馆的孩子？慢慢就熟识起来，虽然只是见面熟的程度，但是互相打招呼的时候依然让人感到特别快乐。客人中难免有令人讨厌的家伙，但是也有不少给人留下好感的。不管那个人是男是女，只要那个人在，就好像有一束光照过来一样，周围顿时明快起来。甚至连厨房的厨师和钟点工都能够喜欢上他（她）。当这个人退了房，收拾好行李，上了车和大家挥手告别后，突然变得空空荡荡的房间里，下午的阳光会觉得特别的刺眼。那个人明年一定会再来吧，内心里却恍惚觉得明年的这个时候是那么遥远。然后，客房里又住进来新的客人。这种情境在我们眼前一次又一次地重复着。

旅行旺季结束后，初秋时节一下子变得冷冷清清。我故意疯跑疯玩着，以为这样能稀里糊涂地忘掉寂寞。可是看到阳子时，她却总是一副无精打采的样子，甚至当看到曾经的玩伴——某位客人的小孩儿忘记带走的东西时，她都会忍不住流下眼泪。说起来，这种感觉在内心里毕竟只有很少的一部分，任谁遇到这种场合，都会悄悄地把它藏起来。因为这一幕显然会让人变得寂寞感伤。所以，越是面对这种场面机会多的人，越是有办法应对这种小小的寂寞。但是，阳子却不一样，长期以来，她一直是珍惜着自己的这种感情慢慢长大的，所以她一定不想失去它吧。

拐过一个弯，能够看到“山本屋旅馆”的店牌在树丛中闪着光亮。每当看到它以及那排从客房的窗户中透出来的灯光，我就不由得产生一种安心感。不管是住满了客人，客房的灯全亮着的时候，还是人走房空的时候，我都有一种被某个强大的东西迎接着的感觉。我们穿过侧门，走进山本家的玄关，阳子说着："我们回来了。"这个时刻，妈妈如果不是在山本旅馆那边干活，就是在这边的客厅里喝茶。然后，总是在大家吃完蛋糕后，我和妈妈一起告辞走着回家。一直以来，这早已成为一种习惯。

"啊，对了。"我刚要脱鞋，突然想起来。"你让我帮你录的那盘录音带，我想把那盘原版带送给你呢，我现在就去给你拿吧。"

"哎呀，那多不好啊，那是两盘一组的吧。只要转录下来就好了。"阳子感到意外地愣了一下说。

"没关系，本来也是不打算带走的，省了我的事了呢。"接下来的话，说完我就后悔了，但是，我已经脱口而出："就算是饯别吧。哎呀，是我要走，所以不能用这个词吧。"

再看阳子，她正站在门前的阴影处，一边给自行车罩着套子，一边脸红红地流着泪。

那毫不掩饰的泪水，让我一时竟不知道说什么才好，只好故意装作什么也没看见的样子，转身进了房间。

“快点儿进来，我们一起吃蛋糕。”我说。

“嗯。”阳子立刻擦去眼泪，鼻音很重地点头应道。清纯的阳子大概以为大家还都不知道她爱掉眼泪吧。

在这十几年间，我仿佛一直被一个由各种东西编织起来的巨大保护网保护着一样。如果不是从那个网里走出来，我大概永远也体会不到那里面的温暖。如果不是因为再也回不到那个网里去了，我甚至从来都不会注意到自己曾经在里面生活过。那是一个温度适中的安全网，有海，有整个小镇，有山本一家，有母亲，还有住在远方的父亲。所有的这一切，在那个时候都静悄悄地把我保护起来，让我总是那么快乐幸福。虽然偶尔也有悲伤和寂寞难耐的时候，但而今回忆起那时，最先浮现在脑海里的，就是鸫和小狗在海滩上一起玩耍的场景，以及晚上阳子微笑着推着自行车走在路上的情景。

人　生

自从我们一家三口团聚到一起，开始新的生活后，每天晚上下班回家，似乎成了父亲一天里最最快乐的事情。他那心花怒放的样子让人看着就想笑。每天晚上回来，他手里总是拎着吃的，不是寿司就是蛋糕。每天随着父亲那声“我回来了”，紧接着出现的就是父亲那张表情放松的笑脸。我甚至有些担心地想：“这个人在公司里是不是在认真工作啊？”每到周末，他或者开车带着我们去逛名店和美味的料理店，或者在家里亲自下厨给我们做好吃的。他还利用休息日，费时费力地，亲自动手给我的书桌上做了一个小书架，虽然那个书架对我来说有没有都无所谓。这是我家“迟到的模范爸爸”。正是他的热情，把横隔在三个人之间的一点点不安也悄悄地驱走了。常年分居生活产生的隔膜消失了，一家人开始了甜蜜的生活。

一天晚上，父亲打来电话，很不情愿地说："今晚要加班……"母亲独自先睡了。我坐在餐厅前，一边看着电视，一边写作业，这时，父亲回来了。看到我，他笑眯眯地说："还没睡呀？"接着又问道："妈妈已经睡下了吗？"

"嗯，"我说，"只有酱汤和鱼，吃饭吗？"

"有饭啊，那太好了。"

父亲说完，咔嗒咔嗒地拉出椅子，脱下西服上衣坐下来。我打开炉火热酱汤。又把盛着鱼的盘子放进微波炉。深夜的厨房顿时灯火通明，充满了生气。电视的声音放得很低。父亲突然问我："玛丽亚，吃仙贝吗？"

"什么？"我回过头一看，只见他窸窸窣窣很小心地从公文包里掏出一个纸包，打开纸包，从里面拿出两片仙贝，放在了餐桌上。

“有一片是给妈妈的。”

“怎么回事？这个……就这么一点儿？”我困惑地问。

“嗯……这是今天中午，有个客户带来的。我吃了后觉得挺好吃的，就找机会多拿了一份。你尝尝，真的很好吃。”父亲一点儿也不觉得害羞地说明着。

“你不怕别人说你像一个在家里偷偷养了只小狗的男孩儿？”我笑着说。这么一个大男人竟然偷偷地把两枚仙贝放公文包里带回家。

“东京这个地方，蔬菜不行，鱼也不好吃。只有仙贝的味道还可以夸一夸。”

父亲一边吃着饭喝着酱汤一边说。我从微波炉里拿出烤好的鱼摆在父亲面前。

“是吗？我尝尝。”说着，我坐到餐桌旁，顺手拿了一片仙贝。感觉就像第一次吃仙贝的外国人一样，尝了尝，仙贝上浓浓的酱油味道被烤得很香，很好吃。告诉父亲这个感觉后，父亲满意地点点头。

刚到东京的时候，有一回在大街上，曾经意外地遇见过下班回家的父亲。那天我刚看完一场电影，在写字楼林立的十字路口等红绿灯。大楼的玻璃墙像一面巨大的镜子，清晰鲜明地映照着被夕阳映红的天空。正是下班的时间，很多穿着西服的白领先生以及已经脱下制服换上了漂亮便装的白领丽人们正站在十字路口，等着信号灯由红变绿。拂面的晚风和人们的表情一样，给人一种淡淡的疲惫感。有些人脸上挂着若有若无的微笑心不在焉地说着话，有些人沉默着，面部表情显得很严肃。

突然，觉得马路对面走着的那个男人好像在哪里见过，仔细一看，竟然是父亲。看到父亲表情严肃呆滞地走在路上的样子，觉得特别不可思议。那是他在家里看着电视打着盹快要睡着时才会有的表情。我充满好奇地注视着父亲在外面的“面孔”。正在这时，从父亲工作的办公楼里跑出一位白领丽人，大声喊住了父亲。我从马路这边清楚地看到，那个女孩儿抱着一个好像是装有文件资料的大信封。父亲听到有人喊自己的名字，停住脚步四下寻找，终于看到了那个女孩儿。嘴里好像在说：“哎呀，真对不起，对不起。”跑得上气不接下气的女孩儿把手里的大信封递给父亲后，微笑着鞠了一躬，又回办公楼去了。父亲说了声“再见”，就抱着信封快步向车站方向走去。正好，这时信号变成了绿色，人群蜂拥着向前走去。我正在犹豫是不是要追上去时，已经来不及了，只好作罢。于是在暮色的街道中，我开始想着心事。

刚才忘了东西的事虽然只是发生在一瞬间，但是却让我以这样一种自然的形态窥视到了父亲迄今为止的生活，那是父亲在这里度过的漫长而孤单的生活。我和母亲在海边那个小镇生活的岁月有多久，父亲在这里的生活就有多久。与前妻之间的纠葛摩擦、上班下班、努力提高工作业绩、吃饭，还有像刚才那样忘东西，有时会想念生活在远方小镇的我和母亲。那个于我和母亲而言，是现实生活场所的小镇，对于父亲来说，也许只不过是个周末放松的地方，说不定他也有过想抛弃我们不管的念头吧。

我想肯定是有过的。即使他一辈子都不说出来，但是在内心深处肯定有过诸事烦心的时候。或许，正是因为我们对所处的状态太敏感的缘故，反倒让我们三个人像典型的《幸福家庭》剧本里那样，每个人都努力扮演着互相温柔体贴的角色，每个人都有意无意地尽力在掩饰着沉睡在心底里的那份如泥沼如乱麻一样的感情吧。我觉得，其实人生就是演戏，虽然其意思与“幻想”相似，但是我却觉得这个词比“幻想”更贴切。那天傍晚，在熙熙攘攘的人群中，一瞬间我竟体会到一种飘飘然的感觉。每个人在人生的每个阶段，都会在内心里蕴藏着各种各样的杂念，好的、坏的、善良的、肮脏的。人支撑着这些东西沉重地活着。一边努力地善待身边人，一边又不得不独自背负起这些沉重的东西。

“爸爸，别太勉强自己，小心‘失控’。”我说。

父亲抬起头，一副惊讶不解的样子。

“勉强什么？”

“就是，早早下班回家，特意给我们买回很多好吃的，还有给我买衣服之类的。这些做得太多了，总会累的，对吧。”

“最后那件事，我好像没做过呀。”父亲笑着说。

“那是希望吧。”我笑了。

“那，‘失控’是什么意思？”

“突然对家庭厌倦了，在外边找情人呀、酗酒呀、对家人施暴呀之类。就是指这些。”

“也许，真说不定哪一天会变成那样呢。”父亲又笑了。“但是，现在我只想全力以赴地补上没和你们在一起的日子，早一点儿回到正常的生活，这也是我期待已久的生活。现在终于实现，所以特别高兴。世界上也有那种喜欢独自享受生活的人，但是爸爸生来就是个喜欢守着小家庭过日子的人。这也是我和前妻过不到一起的原因，她不喜欢孩子，在家里待不住，喜欢闲逛，不喜欢做家务。当然每个人有每个人的个性，这也无可厚非。但是，我期待的却是一个可以每天一起看电视，星期天即使再麻烦也愿意一起出游的和睦的家庭，所以和她相识相爱本身可能就是个错误。一想到和你们常年的分离，以及那期间的各种孤独寂寞，就更体会到身边人的珍贵。当然这种想法也许有一天会改变，也说不定有一天会惹你和妈妈生气难过，可这就是人生啊。如果真的有那一天，大家的心已经不再融洽了，不得不分开了。那么，即使是为了那一天，我们也应该尽量留下更多的快乐回忆才好啊。”父亲停下来，平静地说着。

我觉得他的话是如此令人回味、如此鲜明冷静。自从搬到这里和父亲一起生活后，我第一次感觉到和他有一种亲近的感情，深深地浸透到我的心中。

“我估计，你妈妈肯定也有不少心事呢，只是嘴上不说而已。毕竟是她离开了一直生活着的地方。”父亲又沉静地说。

“为什么？”

“因为，你瞧。”父亲用筷子挑着竹荚鱼的鱼肉说，“最近一段时间，妈妈做的晚饭，几乎顿顿都有鱼。”

被父亲这么一说，我注意到还真是这样。眼前浮现出在鲜鱼店门前伫立不动的妈妈的身影，我沉默了。

“你已经是大学生了，对吧？怎么晚上总是待在家里呢？大学生们不都是经常有个同学聚会呀，打个工呀什么的吗？”父亲突然说。

“嗯？哪儿呀，我又没有参加社团，怎么会经常有聚会呢？而且我也没有打工。为什么突然问起这些好像是从电视里学来的问题呢？”我笑了。

“我也想有机会对你说一回‘最近每天晚上回来得太晚了啊’！”父亲也笑了。

餐桌上给母亲留的那片仙贝，静静地，仿佛在诉说着我们家的幸福。

即使是这样，有时依然会思恋大海，想得甚至睡不着觉，一点儿办法也没有。

经常去逛银座。在银座大街上，有时随着风向的改变，空气中会飘来大海的气息。既不是瞎编，也毫不夸张地说，在那一瞬间，我激动得几乎要大叫起来。全身仿佛一下子被那种气息吸住了，心里难受得让我一动也不能动，甚至想哭出来。这种情形大都发生在好天气的时候，天空晴朗、万里无云。我甚至想扔掉怀里抱着的山野乐器和巴黎春天银座店的购物袋，跑到那个粘满海藻贝壳的脏兮兮的堤防上，站在那里一直到全身心都吸够了海水的气味为止。然而，每当想到这样强烈的冲动终究也会随着时间的推移而慢慢消退的时候，心里就特别不是滋味。这大概就是乡愁吧。

前几天和母亲逛街的时候，也是这样。平日的中午，大街上行人很少，我们从百货店出来，突然一阵强风扑面而来，挟带着海水的气味。我们娘俩马上都闻到了。

“啊，海的气味。”母亲说。

“看，因为那边就是那个……那个晴海码头呀。”

我用手指着那边说道，感觉自己就像一个风向调查员似的。

“是啊。”母亲笑着说。

因为母亲想去公园门口那边的花店买花，于是我们朝着公园的方向走去。远远地看上去，公园里碧草茵茵，饱含水分的植物鲜艳夺目，映衬在这梅雨季节偶尔才会出现的晴朗天空下。这时，正好有一辆开往晴海的大巴从身边驶过。那巨大的车体和发动机的“隆隆”响声，一直残留在耳畔，久久无法散去。

“喝点儿茶再回去，好吗?”我说。

“不行，得早点儿回去，我下午还有插花课呢。而且，明天爸爸要出差。今晚得好好做一顿晚饭，全家人一起吃。否则，他又该失望了。简直像个小孩儿一样。”说完，母亲转过脸来笑了。

“也就是现在吧，肯定过一段时间就好了。”我说。

自从开始专职主妇的生活后，母亲的笑脸也变得圆润了很多。微笑着的面庞在柔和的阳光下，看上去仿佛水中的波纹一样慢慢地漫延开来。

“玛丽亚，在学校有好朋友了吗？肯定有吧？因为有那么多找你的电话。在大学开心吗？”

“很开心啊。干吗问这个？”

“因为，在那边的时候，你和阳子、鸫总是像亲姐妹一样在一起玩，我想你在这边一定觉得挺没意思的吧。而且家里总是静悄悄的。”

“是啊。”我说，“家里是太安静了。”

想起山本屋旅馆走廊里人来人往的脚步声，厨房里的热闹活跃，吸尘器的巨大轰鸣，前厅鸣响的电话铃声，众多的人在同一个屋檐下生活的嘈杂熙攘，下午五点到晚上九点，街道居委会有线广播的大喇叭里传来的提醒孩子们回家的声音、海浪声、汽笛声、鸟的鸣叫声。

“是妈妈觉得寂寞吧？肯定的。”我说。

“嗯，是啊。虽然知道不可能一直寄居在那里一辈子，而且能和你爸爸一起生活也特别高兴。但是那种和很多人一起生活过的感觉却像大海咆哮的声音一样，在心中总是挥之不去。”说完，妈妈用手捂住嘴嗤嗤地笑了。

“哎呀，我怎么成了诗人了。”

很多事，因为当时年纪太小，只模模糊糊地有些记忆，而今想起来却觉得有些好笑。夏天，白天玩累了的我吃过晚饭后，横卧在矮脚饭桌旁，看着电视快要睡着的时候，听到父母开始商量事情。我漫不经心地眯缝着眼睛一边凝视着近在咫尺的榻榻米上的花纹，一边听着他们的谈话。这样的场景早已习以为常。父亲的话题总是，东京的妻子不肯跟他离婚呀，可他不能一直把我们娘俩丢在这种地方不管呀之类，事无巨细，说得面面俱到。据母亲说，父亲年轻的时候，性格更沉闷犹豫，自从认识了母亲，他的性格才开始有了改变，而且变化很大。母亲是那种乐天派的性格。那时，母亲说：“说得太过了吧，什么叫‘这种地方’？”

“不是，我就是随口说说，没有看不起这里的意思。虽然政子是你的妹妹。但是，你们毕竟是寄居在这里，又从早到晚地干着这么累的工作。这能说是幸福吗？”

一涉及这个话题，父亲又开始没完没了地说起来。母亲有些不耐烦，我虽然背对着他们躺着，却依然能感觉到母亲焦躁的情绪。母亲最讨厌发牢骚了。

“别说了！”母亲深深地叹了一口气说。她的话我至今仍然记得清清楚楚。每当生活中遇到不顺的时候，就会在我耳边响起。“总是那样满腹牢骚、委屈抱怨的话，一直到死都不会觉得满足的，你呀。”

也想起了鸫说的话。“你爸爸，简直像个公子哥！”那天，我们在鸫的房间里，正转录着磁带，鸫突然耐人寻味地说。

那是一个阴沉沉的下午，海浪又高又急。在那种天气阴晦的日子，鸫在待人接物时，态度总是会变得柔和起来。政子小姨说，这也许是因为在她小时候，有一天也是在这样的天气里，她差点儿死了的缘故。

“什么？什么公子哥？”我问。

“笨蛋。就是那种从小被宠坏了的公子哥呗。明白了吗?”

鸫笑了。她就那样躺着，黑发在雪白的枕头上铺散开来，大概是发着低烧的缘故，脸颊有些发红。

“是啊，好像真的有点儿像你说的那样呢。不过，为什么?为什么你会这样想?”

“因为，他总是为一些鸡毛蒜皮的小事患得患失、唠叨个没完。自己怯懦软弱，却总是摆出一副目空一切的样子，这一点和你一模一样。不过你还没有懦弱到那样的程度，对吧。不知怎么，现实中那家伙看上去好像特别懦弱。”

因为她说的不无道理，所以我也没法生气。

“这样也好呀，正因为这样，才能和我妈妈相处得好呀。”我说。

“是啊。跟我这个整天躺在床上饱经沧桑的人相比，显然是更知人间冷暖，所以也更会温暖人心喽。我不过是一个只能躺在被窝里了解天下事的人而已……哎呀，我好像不该这么说，对吧?不管怎样，如果和你爸在走廊里遇到了，听到他说:‘你好啊，小鸫，东京那边，需要什么尽管说啊，我给你买。’连我都不由得会笑脸相对呢。”

鸫看着我，笑了。下午，为了看书而打开的灯亮得耀眼，音乐声从录音机里轻轻地流淌出来，我们一边等着磁带录完，一边静默地翻看着杂志。寂静的房间里，只有杂志翻页的时候发出的“哗啦哗啦”的声音。

这个鸫。

当我离开她之后，我才知道我是如此了解她。

为了不让别人看清自己，她想尽办法故意把粗俗不堪的一面展露给大家（当然她本性里也绝对有这一面），所以，像我这样一个想见谁就能去见谁，想去哪儿就能去哪儿，甚至可以去地球上任何一个地方的人，总觉得会被那个困居在镇子上、哪儿也去不了的鸫给忘掉似的。因为鸫是一个不会纠结于过去的人，她的生活里只有“今天”。

一天晚上，电话铃响了，“喂，喂。”我刚一拿起话筒，就听那边说：“是我呀。”是鸫的声音。

那一瞬，故乡的光和影好像一下子飞了过来一样，晃得我眼前一片煞白。我大声说道："哇，你好吗？好想你们啊！大家都好吗？"

"你怎么一点儿也没变，好像还是那么傻。玛丽亚，每天在好好学习吗？"鸫笑着说。话匣子一打开，两个人的距离好像一下子拉近了，仿佛又成了近在咫尺的好朋友。

"嗯，当然啦，好好学着呢。"

"你爸没有搞外遇吧？这种事，有过一次，就会有第二次、第三次哟。"

"才没有呢。"

"是吗。过一会儿我老妈可能会正式告诉你妈，明年春天，我家的旅馆就要关张了。"

"啊？要关了吗？"我大吃一惊。

"是的，是的。我老爸也不知道是怎么想的，说是要开什么山区度假屋，和拥有土地的朋友合伙经营。还说那是他的梦想。真可笑！是不是像童话一样？还说那样可以让阳子将来有份可以继承的事业。

所以……”

“鸫也一起过去吗？”

“不就是死在海边还是死在山上嘛，无所谓。”鸫的口气听起来真的是无所谓的样子。

“是吗？山本屋要没了，真是好凄凉啊。”我说，忽然觉得好沮丧。我一直以为那里的人们永远都会一成不变地生活在那里呢。

“哎，不管怎么说，你今年暑假肯定有空对吧？来玩吧。我妈说让你住客房，要请你吃生鱼片呢。”

“嗯，我肯定去。”

眼睛里，仿佛看到一段用破旧的八毫米摄像机拍摄下来的彩色录像一样，小镇的景色、山本屋旅馆里的样子，一个个场景从眼前闪过。在那间熟悉的小屋子里，鸫躺在床上拿着电话话筒的纤细胳膊也浮现在眼前。

“那就这样定了。我就等着你喽。哦，等一下，我老妈说要和你妈说话。已经从楼下上来了，拜托你叫一下。”鸫急急忙忙地说。

我赶快叫来了母亲，说:“那我把话筒给我妈了。”

就这样，我决定去山本屋，度过我在那里的最后一个夏天。

异乡人

不知是为什么。

每当船渐渐驶近渔港的时候，我总会有一种自己是外来客的感觉，这种感觉从很早以前就有了。

“这里是我生长生活的地方，自己只是乘船出了一次远门后又坐船回来了”，生活在这里的时候，本来应该是这样的感觉。但不知怎么，我那时就觉得自己是一个异乡客，从远方来到这里，不知哪一天肯定还得从这里离开。

人们肯定会有这样的时候吧，不知在何时何地，当你从海上远远地看到若隐若现的港口时，多少都会有一种自己是一个异乡人的感觉吧？

暮色降临。

在夕阳的照耀下，海面闪烁着粼粼波光，在大海和橘红色的天空尽头，仿佛像海市蜃楼一样，可以隐隐约约地看到一个小码头。从破旧的扬声器里传出船到达码头时的音乐，船长播报了故乡码头的名字。想必外面一定很热，但是船舱里的冷气开得太足了，甚至感觉有些冷。

从坐上新干线到转乘快速船，兴奋的心情一直伴随着我。一旦被波涛摇晃得昏昏欲睡时，那种兴奋的感觉就消失得无影无踪了。我像刚刚睡醒似的，倦怠无力地直起身子，从被浪潮打湿的窗子望出去，可以看到，那熟悉的海岸就像电影镜头里的画面一样，一点点从远处拉到近前。

汽笛响了。船绕了一个弯，拐过防波大堤，停靠向栈桥。码头上矗立着一个大牌子，上面写着“欢迎您”。我看见穿着白色连衣裙的鸫正交叉着手臂抱在胸前，靠着大牌子等在那里。

船慢慢地靠上岸去，“咣当”一声停住了。船员把缆绳扔到岸上，放下渡板。在黄昏暗淡的光线里，乘客们有秩序地一个接一个下了船。我也站起来，拿着行李，加入了下船的队列。

一走出船舱，外面的湿热空气扑面而来。鸫大步走了过来，也不说“好久不见了”，也不问“你好吗”，上来就绷着脸皱着眉不高兴地说：“怎么这么慢呀。”

“你可真是一点儿也没变啊。”我说。

“都快晒成干儿了。”鸫依然一点笑容也没有地说道。说完就自顾自大步流星地向前走去。我不出声地偷偷笑了。因为这实在是鸫的接人方式，让我一下子觉得又高兴又好笑。

山本屋依然好端端地坐落在原来那个地方。看到它的那一瞬，竟觉得有些异样。就好像突然见到了一个很早以前在梦里梦见过的老房子一样，竟有一种不真实的感觉。

直到鸫打开大门冲着里面大声喊：“哎，那个只会吃的丑妞到了啊！”一切才又恢复了原有的色彩。

小小在屋子后面“汪汪”地叫着。

“怎么这样说话?”政子小姨一边笑着一边从屋子里面迎了出来。阳子也走过来微笑着打招呼:“玛丽亚，好久不见了。”一下子又回到了从前，心不知不觉地竟狂跳起来。

门口排列整齐的一排排沙滩拖鞋，显示着这里最后一个夏季的繁荣。当我闻到家里味道的那一瞬，原来的生活节奏又一次被唤醒了。

“小姨，有什么需要帮忙的吗?”我问。

“不用，不用。你去里面和阳子一起喝茶吧。”

小姨笑着说完，就匆匆忙忙地朝厨房跑去，那边一片嘈杂繁忙的声音。

是的，山本屋现在正是阳子要去打工前的吃饭时间，也是姨父和小姨要专心准备客人们的晚饭，最忙碌的一段时间。日复一日，总是在同一个时间重复着同样的流程。

屋子里，阳子果然在吃着饭团子，看到我进来，就从矮脚桌上拿出那只从前我用过的茶杯，倒上茶。

“喝茶。”阳子那明亮的眼睛微笑着对我说，“玛丽亚你也吃个饭团子吧？”

“傻瓜！马上就是丰盛的晚饭了，这会儿吃了，还能吃得下晚饭吗？”倚靠在墙角伸着两条腿翻着杂志的鸫头也不抬地说。

“说的也是，玛丽亚，晚上给你带蛋糕回来，等着啊。”阳子说。

“你一直在那里打工吗？”

“是啊。对了，蛋糕的种类又增加了呢。今晚我给你带新品种的蛋糕回来。”阳子说。

“太好了。”我说。

窗子开着，纱窗的外面，洗完海水澡的人们一拨儿一拨儿地走过去。明快的笑声不断传来。所有的旅馆都到了准备吃晚饭的时间，小镇上充满了活力。天还没有完全黑下来，电视里传来播放晚间新闻的声音。海风夹着潮水的气味，静悄悄地从榻榻米上拂过。走廊里传来了刚刚洗完澡的人们来来往往、匆匆忙忙的脚步声。远处的海面上，传来海鸥的鸣叫声。从窗户看出去，透过交叉错综的电线空隙，能够看到被染成了红色的天空，那颜色红得甚至有些令人害怕。一切依然是那么熟悉，这个一如从前的傍晚。

虽然知道世上没有永远不变的事物。

“玛丽亚来了。”随着声音，听到一阵脚步声近了，姨父掀开门帘探进头来。

“哦，远道而来，辛苦了，好好休息休息。”笑着说完就走了。

鸫站起来，啪嗒啪嗒地走到冰箱前，拿出很久以前从一个居酒屋得来的有着米老鼠图案的玻璃杯，倒了一杯麦茶，一口气喝完，然后把空杯子扔进了被擦洗得干干净净的洗碗池里。

“就他，竟想要开山区度假屋。简直是个给人找麻烦的父亲。真是的。”

“那是爸爸多年的梦想啊。”阳子稍稍低垂着眼帘说。

如此真实地摆在眼前的旅馆，明年夏天就会消失得无影无踪，这怎么可能让人接受？她们俩肯定也是这样的。

每天每天，波澜不惊地在这个小镇上生活着，睡觉、起床、吃饭。情绪有好的时候，也有不好的时候，看电视、恋爱、去学校上学、放学后必回的是这个家。

当你不经意间回眸那些日复一日的平凡日子时，会发现它多多少少都会留下些什么。就像那些沙子一样，纯净温暖。

在那熟悉的轻柔微暖的气息里，因旅途疲劳而有些昏昏欲睡的我，回味着这令人陶醉和眷恋的幸福。

夏天来了。啊！夏天终于开始了。

只有这一次了，过去了就不会再来的季节。但时间却依然如故地静静流逝，虽然明白这一点，此刻内心里却感觉到从未有过的紧迫和苦闷。

那个时刻，我们坐在暮色笼罩的房间里，大家对此都心知肚明。虽然有些悲哀，却又有一种很幸福的感觉。

吃过晚饭，拿出箱子里的东西整理时，听到小小欢闹的叫声。我从屋子的小窗里探出身子，能够看到后院，向下望去，暮色中，鸫已经把小小脖子上的绳链拿在手中。看到我，鸫抬着头问："你要不要一起去散步?"

"去。"说完，我赶快跑下楼来。

天空还微微有些亮，暮色中闪亮的街灯显得鲜明耀眼。鸫依然是被小小拽着走。

"今天累了，我们只走到海滩的入口那里吧。"鸫对我说。

"你每天都出来散步吗?"我吃惊地问。鸫的身体好像没有那么好啊。

"都怨你，给这个家伙养成了散步的习惯。自从你走后，每天早上一到散步时间，这个家伙就会狂叫不止。我本来睡觉就轻，天天被它吵醒。后来，让它也妥协妥协，我们就把早上散步的时间改在了晚上，我和阳子轮换着带它出来。"

"哎呀，那真是对不起。"

“不过，被小小拖着这样走走，我的身体倒好像也一天天好起来。这是好事。”鸫侧着小小的脸颊笑着说。

从一出生，鸫的身体就这里那里地病痛不断。她很少跟别人说自己的身体哪里不舒服，即使是开玩笑时也从未听她说过。难受的时候，总是自己独自发一通脾气，或者甩出一通刻薄的话后走人，然后一个人躺到床上。但是，鸫从来没有放弃过。

她的这种态度有时让人觉得很爽快，有时也让人气得要死。

夜色渐浓的街道上，依然热气熏人，青黛色的天空下、朦朦胧胧依稀可辨的白色沙滩上，孩子们这里那里地在放烟火。走过碎石小路、过了桥就是海滩，我们登上直伸到海湾里的大堤上，鸫放开小小，小小立刻撒着欢向海滩方向跑走了，我和鸫坐在防波大堤的水泥桩上，靠在一个角落里，喝着冰镇的罐装饮料。

清爽的海风拂面而来。远处淡淡的云彩间，夕阳好像特别恋恋不舍地一闪一闪地探着头，然后又一点一点地被流云推走了。

小小早已跑得无影无踪，正想着它跑哪儿去了时，它好像很担心似的又跑回来了。对着坐在高不可及的水泥桩上的鸫“汪汪”地叫着。鸫笑着，伸手摸摸它的头，拍了拍它的背。

“看来你和小小已经相处得水乳交融了哦。”

看到他们俩亲密的程度比以前又进了一步，我觉得感动而欣慰。鸫没有任何回应。当她沉默的时候，才真的像是一个比我小的表妹。但是，过了一会儿，鸫才恨恨地说：“说什么呢？真差劲！说得好像一个不谙世事的少女被花言巧语的男人欺骗成了感情的俘虏，懵懵懂懂结了婚似的。”那表情就像吃东西吃到一条虫子。

“什么？你是指小小和你相处融洽这件事吗？”

心里知道她说的肯定是这件事，但因为还想听听鸫的下文，于是试探着问道。鸫说：“当然了，一想到有人说自己和一只狗相处融洽，浑身就起鸡皮疙瘩，客观地去想，也会觉得特别不舒服。”

“这有什么吗？你呀。这么说，是因为难为情吧？”我笑着说。

“开什么玩笑？你这家伙，真的是一点儿也不了解我。我们在一起相处多少年了。好好动动脑筋！”鸫脸上带着讥讽的表情笑着说。

“我知道的。只是跟你开个玩笑罢了。”我说，“但是，我知道你并不是不喜欢小小。”

“嗯，喜欢啊。我当然喜欢小小。”鸫说。

夕阳把天空染成几重颜色，所有的事物都像被蒙上了一层浓重的薄暮一样，朦胧地浮现在眼前。在水泥桩形成的坑坑洼洼的阴影处，波浪时不时地涌上来在那里欢跳着。天空中金星就像是一个小电灯泡似的，一闪一闪地眨着眼睛。

“当然，令人讨厌的家伙，自有他们自己的哲学。但是，我却觉得，”鸫继续说，“那种只会把心许给狗的令人讨厌的家伙，未免也太单纯了。”

“令人讨厌的家伙？”我笑了。

好久不见的鸫，就好像憋了一肚子的话，终于痛快地说了出来。这样的话题，只属于我和鸫两个人。自从上次“妖怪信箱事件”以来，我成了鸫的知心好友，只要是鸫想说的事情，即使那件事不符合我的生活态度，她也经常愿意跟我说，我也能理解。

“比如说，有一天地球上闹起饥荒了。”

“饥荒？你的话题转变得太快了，我的脑子都跟不上了。”

“讨厌，闭上嘴听着！如果真到了没有东西吃的时候，我希望自己能成为可以满不在乎地把小小杀了吃掉的那种人。可能有这种人：杀了狗之后偷偷哭一场，替大家感谢它，然后心怀愧疚地给它修一座坟墓，对着坟墓里的狗道歉，并从它的骨灰里拣出一块骨头来做个项坠一直戴在身上。我绝不想做那种虚伪的家伙！如果能够，我倒是想做这种人：做了就做了，事后绝不后悔，也绝不会有良心的谴责。吃完后还能平静地笑着说：‘小小真的很好吃。’

当然，说到底这只是打个比方而已。”

鸫纤细的手臂抱着双腿，头歪着架在双腿中间沉醉的样子，和她嘴里冒出来的语言之间反差实在是太大。我看着她，不知怎么就好像是看着一个不属于这个世界的东西一样，觉得特别不可思议。

“这种人，与其说是令人讨厌的家伙，不如说是变态的家伙。”我说。

“对，就是这种莫名其妙的家伙。和周围的人永远都格格不入，自己也不知自己要干什么，而且控制不了自己。不知道自己目的地在哪儿。即使是这样也能被认可就好了。”

鸫注视着夜幕下的大海，语调爽快地说。

自恋吗？好像不是。归类于美学？好像也有些不同。在鸫的内心里有一面打磨精致的镜子，除了反映在那里面的东西，鸫都不去相信，甚至想都不愿去想。

大概就是这样的吧。

但是，即使是这样，我，还有小小，大概她身边的人们也都一样吧，大家都喜欢鸫，不由得会被她迷住。即使不知道她会怎样捉弄自己，即使她乱发脾气说出什么不中听的话，作为小小，甚至不知道自己什么时候会被她杀了吃掉。

在鸫的思想和语言的背后，在她内心深处的某个地方，肯定有一束光支撑着她这脆弱的生命和不羁的性格，那是一束强烈得有些悲伤的光，在一个连她本人也不知道的什么地方，就像一个永动机一样永远闪烁着。

“天一黑下来，就感觉有些冷了。回去吧。”说着，鸫站了起来。

“鸫，真不像话啊。都能看到你的内裤了。”

“不就是个内裤嘛，别那么斤斤计较啦。”

“那你也太不计较了吧。”

“哎呀，无所谓啦。”

鸫笑了，然后大声喊着：“小小！”小小从长长的大堤上一溜烟地飞跑过来，好像有很多事要向我和鸫汇报似的，“汪汪”地叫着，撒着欢。

“哦，哦，好，好，知道啦。”鸫对着小小说。

我们开始往回走，小小一会儿超过我们跑到前面，一会儿又停下来等我们。突然，它好像警觉到了什么似的抬起头，飞快地向前跑去。怎么了？我们正在纳闷的时候，小小已经从大堤的另一边儿跑下去了，只听到它叫的声音与平时有些不同。

“怎么了？”

我们跑了过去。在大堤的另一面有一个小小的海滨公园，公园的松林里竖着一个白色的雕像，只见在白色雕像处拴着一只小博美狗，小小正和那只狗嬉闹着。一开始，小小只是想和对方玩，所以拼命地摇着尾巴。但是看到一只个头儿比自己大得多的狗突然出现在自己面前，博美狗也紧张地又叫又跳，最后终于急了咬了小小一口。小小“嗷”地一声，也较了真，跳起来就扑了上去。转眼两只狗就掐了起来。

“快把它们分开。”我的声音还没落。就听到鸫也同时喊道：“太棒了，上啊！”那一瞬，我们俩不同的性格一下子显现出来。

没办法，我只好一个人跑过去，用尽全身的力气，把小小抱住。这时那条博美狗竟在我的腿上咬了一口。

“哎呀！疼死了，你干什么？！”我疼得叫起来。这时鸫却在一旁叫：“太好了！三只一起来呀。”

我回过头，只见鸫一副幸灾乐祸的样子，在那里开心得笑着。

正在这时，只听到：“嘿，权五郎，松开！”

随着声音，一个年轻男孩儿走过来。

这是我们和恭一的初识，他是和我们一起度过这个美好夏季的又一个伙伴。那时，淡淡的夜色刚刚开始笼罩大地，夏季刚刚开始，如水的月亮升起来。我们就在这画境一般的海滩上相遇了。

他是那种初次见面就能给人留下深刻印象的人。看上去他和我们的年龄差不多。瘦瘦高高的个子，结实的肩和脖子给人一种很酷很强壮的感觉。短发、剑眉。穿着一件看上去很合身的翻领白T恤衫，是个很清爽的年轻人。但是他的双眸却很特别，目光很深邃，怎么说呢？他的目光里好像隐藏着什么重大事件一样，显得特别老成。

我依然坐在又咬起架来的小小和权五郎中间，他飞快地朝着这边走来。一下子把狂暴的权五郎抱了起来。挺直身子后，问我："伤得厉害吗？"

我终于可以放松一下用力按着小小的手，站了起来。

"嗯，没关系。"我说，"是我们家的狗先挑衅的。对不起。"

"不，我们这个也是个脾气特坏、天不怕地不怕的家伙。"他笑着说。又冲着鸫问："你没事吧？"

鸫在那一瞬间，仿佛变了一个人似的，微笑着"嗯"了一声。

"那，再见。"

说完，他抱着权五郎向海滩方向走去。

夜幕完全降临了。感觉天好像就是在一瞬之间突然黑下来了似的。小小用鼻子哼哼着，好像在对我和鸫诉说着不满。

“走吧。”鸫说。于是，我们一起默默地往回走。

夜晚的小路上，到处都是夏季的影子。那种活力和着夜晚的气息，以一种难以言说的甜蜜和令人雀跃的气势把夜晚装扮得五彩缤纷，甚至要从晚风的味道中溢漫出来似的。擦肩而过的人们看上去都那么精神饱满、神采飞扬，好像特别开心似的。

“回到家，阳子大概也带着蛋糕回来了吧。”我说，把刚才的事完全忘在了脑后。

“你们自己随便吧，你又不是不知道我多腻歪那家难吃的蛋糕。”鸫说。她的态度实在是像这夜晚的天空一样，变化太快。我也就不客气了。

“你是不是看上刚才那个男孩儿了。”我说道。

可是，鸫却不动声色地小声说：“那家伙，恐怕不是一般人啊。”

她是在说自己的预感吗？

“什么？怎么不一般？”我追问道。

我自己什么也感觉不到，所以又反复追问了几次。鸫却再也没有说话。只是沉默着和小小一起走在夜晚的小路上。

夜晚的缘故

常常，有那种不同寻常的夜晚。

在那样的夜晚，好像空间稍稍地变换了位置，眼前所有的东西都变得清楚易辨。

恰如这样一个难以入睡的夜晚，大座钟那熟悉的滴滴答答的响声，照射在天花板上的月光，依然和我小时候一样，支配着这黑暗的夜晚。夜是那么漫长，而小时候感觉到的夜晚更是漫长。黑暗中有一种若有若无的气味，也许是因为那气味微弱得让人难以捕捉的缘故吧，竟给人一种特别甜蜜的感觉。这大概就是离别的味道吧。

在这样的夜晚，有着让我难以忘怀的记忆。

小学五六年级的时候，我、鸫还有阳子，我们仨就像着了魔一样地迷上了一个电视节目，那是一个关于主人公为了寻找自己的亲妹妹而历尽艰险的故事。如果在平时，对于这样的节目，鸫肯定会说“都是骗小孩儿的，我才不上当呢”，连看都不会看一眼。这次她却和我们一样，竟然一集不落地看了下来。奇怪的是，而今对于节目的内容早已没什么印象了，然而，对于当时的气氛以及随着电视情节的发展，我们那紧张、激动、兴奋的样子至今却记忆犹新。无论是放电视那个房间的明亮度，还是那时候喝的乳酸菌饮料，甚至电风扇那不冷不热的风，至今仍历历在目。每周，看这个电视节目成了我们最快乐的一件事。直到有一天的晚上，节目终于播完了最后一集。

晚饭的时候，大家都沉默着。政子小姨笑着说：“你们喜欢的节目，今天结束了啊。”

刚说完，总是处在逆反期的鸫回了一句：“哪儿来的那么多废话。”

我和阳子一下子都吓傻了。虽然我们早已过了逆反期，但那一刻不知怎么，感情上却是倒向鸫这一边的。可见我们当时对那个节目是如何的痴迷。

晚上，我独自躺在床上，幼小的心灵里却已经感受到一种要和什么别离似的苦涩。独自望着天花板。睡在浆洗得干爽平整的床单上，那种感觉仿佛有一颗离别的种子播在了心里。多年后才知道，与那些沉重悲痛的离别相比，这只不过是一个带着耀眼镶饰的离愁的萌芽。我怎么也睡不着，索性走出房间来到走廊。寂静黑暗的走廊里，大座钟那“滴答滴答”经年不变巨大的声响，在走廊里回荡着。拉门上的白纸在黑暗中显得特别白，这让我觉得自己是那么渺小。回想着这一段时间痴迷得昏天黑地的那个电视节目，在如此寂静的夜晚，我实在不想再回到房间里，于是我光着脚“啪嗒啪嗒”地下了楼，来到外面的庭院里，想呼吸一下外面的空气。

月光洒满了庭院，我悄悄地站在树与树之间浓重的阴影处。

“玛丽亚。”突然听到阳子叫我的声音。不知为什么，我竟一点儿也没有吃惊。阳子穿着睡衣站在庭院里。在朦胧的月光下，阳子悄悄地问我："你是不是也睡不着？"

"嗯。"我也悄声回答道。

"一样啊。"阳子说。两条长长的大辫子垂下来，就像牵牛花的藤蔓一样。

"去散散步吧？"我说，"如果被发现了，会不会挨骂？阳子，你也是偷偷跑出来的？"

"嗯，没关系。"

我们"吱"地一声打开木门，那一瞬，突然感到黑暗中海水的气味好像变得特别的浓重。

"终于可以大声说话了。"

"嗯，好舒服的夜晚啊。"

身上穿的是既可以叫睡衣，也可以称作和式浴衣的衣服，我光着脚穿着拖鞋。我们朝着海边的方向走去。月儿高高地挂在天上，通往山顶的路边放置着成排的渔船，就像朽烂了一样沉睡在那里。这是一个与平日里不同的小镇。我们觉得好像意外地来到了一个远离日常生活的陌生地方。突然阳子说："啊，在这里遇到了亲妹妹。"

我以为她是接着电视节目中的故事继续编着玩呢，正笑着，突然看见了一个人，是鸫。她也来了，在小路和海滩的交界处，一个人蹲在那里看着大海。

"是你们啊。"

鸫理所应当似的用一种从未有过的轻柔语调说道。这场景好像我们仨本来就约好了到这里会合似的。鸫见到我们后，一下子从黑影中站了起来。

"鸫，你怎么光着脚啊。"

阳子说着，迅速脱下自己脚上的袜子给了鸫。鸫故意往手上套了套，说："是这样穿吗？"看我们不理她，只好乖乖地把袜子套在了那双瘦得要命的脚上，然后自顾自向前走去。

月光下，阳子说："我们绕港一周就回去吧。"

"好啊，再买瓶可乐喝，然后回去。"我说完。鸫却说："你们俩随便吧。"

"怎么了？鸫你想干吗？"我问。鸫连看也不看我，直截了当地说："我要散步去。"

"去哪儿？"

"到下一个海滨，过了山一直走。"

"不危险吗？"阳子说，"但是，好想试试啊。"

一个人影也没有的山路那边，看上去简直就像个黑漆漆的大洞窟。高高的悬崖把月亮遮住了，脚下的路模糊不清。路上，我和阳子手拉着手摸索着往前走。鸫在我们旁边，一个人健步如飞。我至今仍清楚地记得，她的脚步是那么稳健，迈出去时毫不迟疑，那样子实在不像是在黑暗中走路。夜，黑得可怕。

本来是因为喜欢的电视节目结束了伤心才出来散步的，此时我们却把这件事完全抛在了脑后，在被风吹得沙沙作响的黑夜的树林里，战战兢兢地爬到山顶。然后，沿着下山的路一路走下来，终于，夜深人静的渔村出现在眼前，不久又看到了海滩。

在布满鹅卵石的海滩上，朦朦胧胧地可以看到一排像幽灵一样紧闭着的临时海滨更衣处。远远地可以看到海上的旗子随着波涛的声音猎猎地飘扬着。走得发热的脸颊被凉爽的海风一吹，顿时清凉下来。三个人各自买了可乐，深夜自动贩卖机中，可乐罐落下来时发出的声响，好像把寂静的海滨吓了一跳。黑暗中的海，在眼前朦胧地翻卷着。远处，我们家那个小镇上的灯光，就好像海市蜃楼一样隐约可见。

“不知怎么，这里好像是另一个世界一样。”鸫说。我们“嗯，嗯”地点头赞同着。

不久，我们又沿着原路返回，回到山本屋的时候，早已经累得筋疲力尽。三个人互相道过“晚安”，各自回到自己的房间，很快就沉沉地进入了梦乡。

最痛苦的是第二天早上。也许是累过了头，第二天吃早饭的时候，我和阳子连话都懒得说。我们一边揉着惺忪的睡眼，一边一言不发地吃了早饭。想想昨天晚上，我们俩还都格外精神饱满、精力充沛呢，今天却像是换了个人似的。鸫甚至连床都没起来。

我知道。那天晚上，鸫在海滩上捡了些白色的鹅卵石，至今它们仍被放在书柜里。我不知道鸫在那天晚上心境是怎样的，我也不知道那些白色鹅卵石究竟寄托了她内心里怎样的情感，也许她只是一时高兴随便捡回来玩的。但是，每当我快要忘记鸫这个“鲜活的生命”时，我就会想起那些鹅卵石、那个夜晚，那个光着脚跑到外面、那个不走一夜就受不了的小小的鸫。还有很多很多，让我一想起来就不由得忧伤，不由得冷静。

当我从回忆中回过神来，无意中瞥见闹钟，已经快两点了。在这样一个难眠的夜晚，脑子里胡思乱想的事总是有点儿怪怪的。思绪在黑暗中徘徊着，结论像泡沫一样一圈一圈地浮上来。我记得，我好像就是在那个夜晚突然长大的，突然有了离开这片生活的土地，去东京上大学的想法。特别不可思议，黑暗中张开自己的手，感觉就好像是别人的一样。

正在这时，拉门突然开了。

“起床了！喂！”鸫大声喊。我吓了一跳，心

“砰砰”跳着，等了好久才慢慢平静下来。我这才终于能开口问：“什么事？”

鸫毫不客气地走进我的房间，在我的枕边蹲下来，说：“睡不着。”

鸫就住在我房间的隔壁，值得庆幸的是，至今为止还从来没有发生过这样的事。我慢慢腾腾地爬了起来。

“是吗？那可不怨我。”我不高兴地说。

“唉，别这么说呀，就把这当成是一种缘分吧，我们一起玩点儿什么吧。”鸫笑着说。

鸫只有在这种时候会对人低眉顺眼。我一下子又想起了从前：当我正睡着觉时被她拍醒，本来正睡得好好的我，却被她踩疼了手或脚；她自己懒得背辞典去学校，说是太沉了，却趁我上体育课不在教室时，偷偷地把我的辞典拿走……等等等等。那些不讲理的样子突然像闪回的画面一样让我吃了一惊。是啊，我竟然都忘了，我和鸫的关系并不完全都是有趣的呀。

“我好困。”我说。有点儿想像过去那样试着反抗一下。但是，鸫不是一个能够听得进别人话的女孩。

“哎，哎。今天可是有点儿像啊。”鸫的眼睛里闪着光说道。

“像什么?”

“喏，就是那天我们三个像傻瓜一样去隔壁渔村的那个晚上，不正是现在这个时间嘛，又到了夜晚难以入眠的季节了。不过阳子倒是在呼呼大睡，这个家伙本来感觉就比较迟钝。”

“我也正要睡着啊。”

“谁让你住在我隔壁了。”

“可是……唉。”

我装着长叹了一口气，其实心情还是挺好的。真是不可思议，好像是心灵感应似的，穿过黑色的夜，鸫和我想到的是同一件事。夜晚有时会跟你玩这种小小的计谋，让它们在黑暗中，通过空气缓缓地传递，在很远的地方慢慢地聚集在一起，然后像星星一样“扑通”一下突然坠落到身边，把人唤醒，这时两个人正做着同样的梦。这一切都是发生在同一个晚上，而且那种氛围也只限于一个晚上。第二天早上，曾经发生过的一切甚至会变得不确定起来，一切都被白昼的光晕晃得模糊不清。那样的夜晚总是显得特别漫长，无边无际，就像宝石一样闪着光。

“我们去散步怎么样？”我说。

“多没劲啊……”鸫说。

“那，你说干吗？”

“这类事都得我一个一个考虑吗？”

“那你想好后再来吵醒我，好不好？”

“……那，要不从你冰箱里拿些饮料，咱们到阳台上去待会儿，怎么样，那样的话我还能凑合。”鸫说。

于是，我站起来，朝冰箱走去。因为是客房，冰箱里准备了很多饮料。我给自己拿了罐啤酒，扔给鸫一罐橙汁。对于含酒精类的饮料，鸫是一点儿也不能喝，一喝就吐，所以谁也不让她喝这类东西。

我们还像以前一样，蹑手蹑脚地穿过走廊，悄悄地打开门来到阳台。白天，阳台上好像电视里的洗衣粉广告一样晒满一排排的毛巾，晚上却空空的只剩下一排排晒衣竿。从那些粗粗的晒衣竿之间可以看到天上的星星。因为阳台是朝着山那一边的，这时浓重的绿色山影近在眼前。

我喝着啤酒，冰凉的感觉一下子沁入心底，就像是夜一层层加重时的那种冰凉。

鸫也喝着饮料。

“晚上在外面喝的饮料，为什么这么好喝啊。”鸫好像自言自语似的说。

“你永远都不会忽略这样的细节。”我说。

“没有啊。”也不问问我这话的意思，鸫就否定了。

其实我指的并不是情绪的东西，而是感受性的问题吧。

鸫沉默着思考了一会儿，说：“虽然我就像那个焦急地等待着最后一片叶子落下来的家伙，但是我却知道那种美感，你是指这些吧。”

我有些吃惊，说：“鸫，你怎么最近越来越能像个人儿似的说话了？”

“是不是因为死期将近了啊？”鸫笑了。

不是，是因为这个夜晚的缘故。

在这空气清澈的深夜，人们容易把心底里的话说出来。不由自主地会敞开心扉，对着身边的人，就像是对着遥远闪亮的星星诉说一样。在我脑海里，有个《夏之夜》的储存夹，那里储存着数枚类似今晚这样的底片。在紧挨着那枚我们三个人一起走夜路的底片的旁边，我把今晚也一起深深地珍藏了。一想这辈子只要活着就还能感受到这样的夜晚，就会对未来充满希望。如此美丽的夜晚！风夹带着山的气息、海的气息，无声无色地飘荡在小镇上，那么甜美。也许今夜不会再来，但一想到，也许会在某一个夏天，又能遇到和今夜一样美丽的夜晚。内心里就觉得特别满足。

鸫喝完饮料，“嗵”的一声站起来。走到栏杆扶手处，俯看着街道说："一个人也没有。"

"哎，那个建筑物是什么啊？"我问。

我注意到，在山脚下，有一个巨大的钢筋混凝土的建筑物，少许钢筋还裸露在外面。它在夜幕中的小镇上非常醒目。

"哪个？哦，那个呀，是宾馆呀。"鸫把头转过来看着这边说。

"那么大啊，是新修建的吗？"

"嗯，我们家的旅馆关张，和那个大家伙也不无关系。家嘛，住在哪里都没关系，说到底还是没了生意后的生活问题。当然，爸爸从此可以下决心做自己一直都想做的事，也不错。虽然，也许有一天，因为山区度假屋经营不善，一家四口饿死了，变成白骨，想来觉得挺悲惨的。甚至可能一家四口在山里活不下去了，只好一起自杀。"

"别担心，我每年都会去看你的。将来结婚的时候，结婚典礼也在那里办。"

"如果你有时间去做这些无聊的展望，不如多带些女大学生来，这里几乎看不见那样的女大学生哦。”

“阳子不是吗？”

“不是她那样的，而是积极活跃的那种。就连我也只是在电视上才看到过。我想观察观察她们，然后，说说她们的八卦。”

鸫一边“啪嗒啪嗒”地踢着脚上的拖鞋，一边说道。可怜的鸫，从小到大，除了去医院外，几乎从未走出过这个小镇。

“来东京玩嘛。”我也站起来，走到鸫的身边，看着楼下说。狭窄的道路静悄悄的只能看到朦胧的影子。

“嗯，听着怎么像是……那个阿尔卑斯山上的少女海蒂，与那个双脚不能走路的都市女孩成了好朋友的感觉啊。”鸫嗤嗤地笑了。

“今天关于古典名著的话题真多啊。”我也笑了。

这时，在旅馆前面看到一只狗颠颠地跑了过来，那只狗看着特别眼熟。我叫道：“啊，你看那只狗，是不是那个叫什么……权之助的？不对不对，就是上次我们见到的那只……”

鸫从栏杆处探出身去，说：“是权五郎嘛。”

然后，用那种可以响彻夜空的声音，大声喊：“权五郎！！”

小小也被惊醒了，把拴狗链弄得“哗啦哗啦”直响。好久没有看到那个不管不顾什么都无所谓的鸫了，我大吃一惊。

那个小不点儿权五郎，能明白鸫的感情吗？

听到喊声，权五郎沿着夜晚的小路又急急忙忙地跑了回来。只见它东张西望地转着圈寻找着，好像在纳闷：“是谁叫我啊？”我觉得好玩，笑着又叫了声：“权五郎。”这次它好像看到了我们，抬头对着我们“汪汪”地叫着。

“谁呀？”乍一听，我们以为是权五郎在说话。紧接着，就像是随着聚光灯走出来一样，在街灯下出现了前几天我们曾经遇到过的那个男生。他的皮肤比上次见到时晒得更黑了。黑色的T恤衫，看上去好像和黑暗混在了一起。

“呀，是你们啊。”

“鸫，太好了，不是吗？又见到他了。”我小声说。

“嗯，我知道。”鸫说，然后冲着下面大声问：“哎，你叫什么名字呀？”

他利落地把权五郎抱起来，抬头看着我们说：“我叫恭一。你们呢？”

“我叫鸫，她叫玛丽亚。哎，你是哪儿的呀？”

“我家不在这个镇子上，在那边的……”用手指着山的方向说，“喏，在那边，正在建的饭店，就是我家。”

“什么？你是那儿女服务员的儿子？”鸫笑了。那笑容是那么的灿烂，仿佛把黑暗都照亮了。

“不是，那家饭店就是我们家开的，我父母都喜欢这里，说想住过来，我的大学在M市，所以今后我就每天从这里去上学了。”

夜，一下子把人的距离拉近了。他的笑容看上去是那么无拘无束。

“你每天晚上都这么晚才出来散步吗？”我说。

“不是，不知为什么，今晚怎么也睡不着，所以我硬是把睡着的狗给弄起来，让它陪我一起去散步。”他笑了。

我们每个人都有一种快乐的直觉——我们能成为好朋友。那种能谈得来的同伴，很容易就能够感应到。说上几句话，这种感觉马上就能成为大家的共识。那种能够成为长年好友的人，最初的相遇大概都是这样的吧。

“嘿，恭一。”鸫把眼睛瞪得好像眼珠子要从眼眶里飞出来一样，说，“上次在海滩认识后，一直都想再遇到你。我们还能再见吗？”

我吓了一跳，恭一好像也惊讶地一时半会儿不知说什么。只见他沉默了一会儿，说：“嗯……我这个暑假，会一直待在这儿，每天就是带着权五郎这里那里地瞎逛。我住的那个旅馆叫中浜屋，你们知道在哪儿吧？”

“知道。”

“随时欢迎你们过来玩，我姓武内。”

“知道了。”鸫点点头。

“那，再见。”

“晚安。”

鸫亢奋的情绪好像把暗夜中的空气都传染了，但是随着恭一的身影在夜路上渐行渐远，气氛又变得松弛下来。不可思议的偶遇，突然间从对面降临，又突然间消失得无影无踪。

“鸫，你好像真的喜欢上那个人了吧。”在越来越浓重的黑暗里，我笑着说。

“现在这个时候嘛……”鸫深深地叹了一口气说。

“但是鸫，你今晚好像怪怪的。你没注意吗？”

“什么？”

“你刚才和那个人说话的方式，简直和平时一模一样啊。”

我早就注意到了，只是一直没说。鸫在男孩子们面前总是刻意保持一副很乖巧的小姑娘模样。可是，刚才，她却又变回了那个粗俗不堪没有教养的鸫。这让我既担心又觉得很有趣。

“啊？”鸫叫道。

“怎么了？”

“我一点儿也没有意识到啊，真是太大意了。完了，刚才那个样子是不是像个流氓团伙的女头目呀。啊……完了完了！”鸫说。

“其实……就那样，也挺有意思的。”我说。

晚风中，鸫皱着眉，注视着前方说：“唉，算了，管他呢。肯定是因为夜晚的缘故。”

那天从一大早就开始下起了雨，夏天的雨中有一股海水的气味。

我觉得无聊，一直在房间里看书。

也许是前几天的深夜游玩累着了，鸫这些天一直头疼、发烧，卧病在床。刚才我把午饭端给她时，她正躺在被窝里呻吟。那是我早已习惯了的光景，竟有些怀念。

“饭放在这儿了啊。”我大声说着，把托盘放在了枕头边。走到门边，我突然冒出一句：“鸫，你患的不会是相思病吧？”

鸫沉默着，伸出手拿起一个塑料水壶朝我扔过来。

不管发生什么，不管病成什么样，她在这方面永远都不会示弱。

水壶一下子撞到拉门旁边的柱子上，接着掉在了榻榻米上。我在劫难逃，头发被浇得湿漉漉地回到房间，水从头发上滴落到榻榻米上，静静地浸洇开来。

窗外，远处深灰色的海，巨浪发出令人恐怖的咆哮。天空和大海好像都被罩上了一片单色调的过滤片一样，灰茫茫一片。在这样的日子里，小小大概也只能蹲在潮湿的、散发着泥土气息的小狗屋里，静静地看雨吧。走廊里，从刚才开始，就不断传来那些无法去海里游泳的客人们走来走去的脚步声和说话声。总是这样，下雨的日子里，人们只能躲在这个像大家庭一样的旅馆里，不知该怎样消磨时间。前厅里那个大电视机前以及古旧的游戏机周围，大概早已人头攒动了吧。

我一边慵懒地胡思乱想，一边随意地翻看着书。窗外，雨滴像流星一样打在窗玻璃上，然后再顺着玻璃流下来。雨滴化作我脑海里一幅幅画面，一次次的闪现过去。

突然我脑子里一闪："如果鸫的病就这样越来越重，有一天终于不行了的话……"我的这种感觉，在鸫还很小的时候就有，那时她的身体比现在还弱。每当看到她生病时，这种感觉就会时不时地涌上来。在这样一个下雨的日子里，过去和未来就这样在空气中融汇在一起，突然浮现在眼前。

不知不觉中，一滴眼泪滴落到书上，然后就再也止不住了。

突然清醒过来时，耳边听到了雨打在房檐上"啪嗒啪嗒"的声音。我蓦然问自己："你这都是想了些什么呀。"于是擦掉眼泪，把这些统统丢到脑后，继续看起书来。

下午三点的时候，再也没有可看的闲书了。鸫依然躺在床上，阳子出门了，电视节目一点儿意思也没有。实在是无聊，我决定去书店。也许是听到了我开门的声音，鸫在她那关着门的房间里问我："你去哪儿？"

"书店，你有没有要买的东西？"我说。

"帮我买罐苹果汁，要天然果汁100%的那种。"鸫声音沙哑地说，肯定烧得特别高吧。

"知道了。"

"还有……一个白兰瓜，另外，再买一盒寿司吧，还有……"

她没完没了地说着，我不再理她，飞快地跑下台阶。

海边小镇的雨总是给人一种静悄悄的感觉。大概声音都被大海吸走了的缘故吧。住到东京后，最让我吃惊的莫过于下雨的时候，那"哗哗"的雨声，声音好像特别大。

走在沿着海滨修成的小路上，被海水浸泡着的沙滩显得黑沉沉的，仿佛墓场一样寂静得令人觉得异样。落在海里的雨滴，在海面上砸出成千上万个波纹，却很快又被瞬间汹涌而来的波涛打得粉碎。

小镇上最大的书店今天人很多。显然，这样的日子，小镇上的观光客们也只能来书店消遣了。

我很快地浏览了一下店内，果然，我想买的杂志都卖光了。

没办法，我只好来到了摆放着文库版旧书的书架前，想找找有没有其他可看的，没想到恭一正站在最里面的书架前聚精会神地读着一本书。真是无巧不成书啊！于是我走到他面前，跟他打招呼："今天没带狗啊。"

"嗨。"他笑着说，"因为下着雨啊，就没带它出来。"

"你住的地方又不是自己家，怎么能养狗呢？"

"事先征得旅馆的同意，他们允许我把狗拴在后院里。因为我是常客嘛，和大家相处得都很好，有空的时候我也帮他们铺铺被褥什么的。喏，又不敢透露自己的家世，倒让我觉得自己像个间谍一样，挺尴尬的。”

“是这样啊。”我点点头。因为，他是那个山脚下即将开业的大饭店老板的儿子，而对于这个小镇上的旅馆经营者们来说，那个大饭店或多或少都给他们带来了烦恼。仔细想想，这个夏天对他来说也不是太好过吧。

“今天，鸫干吗呢？”恭一说。

大概是后来回想起来才意识到当时有那种感觉吧。当他准确无误地叫出“鸫”的名字时，我突然觉得鸫的这份感情，说不定会有一个光明的前景呢。那一瞬我竟有些激动。看着雨滴沿着书店屋檐上的塑料布“滴滴嗒嗒”地落下来，我说：“鸫病了，别看她平时活蹦乱跳的，其实身体很弱……如果可以的话，来看看她吧。鸫肯定特别高兴。”

“如果不影响她休息的话，我也想去看看。”他说，“你这么一说，我觉得她好像是挺苍白瘦弱的……不过，是个挺有趣的女孩儿。”

不知怎么说才好。在慢慢把小镇笼罩起来的透明的雨中，那一刻我真的相信，鸫和这个男孩子之间肯定有一种缘分。

我从这一年的春天搬到东京，在那里上学，常见到一对对热恋中情侣（这样写，更显得自己是一个土里土气的乡下佬了）。后来发现在那些人身上，你总能找到令他们互相吸引的理由：或者是外貌相似，或者是生活态度、穿衣着装的品位相似，即使是猛一看多么不般配的一对，在一起的时间长了，也会有一些东西，让你见了禁不住大呼：“难怪……明白了，明白了。”可是那天，我对鸫和恭一之间这种东西的感觉，却非同寻常的强烈。是的，刚才就在他叫了鸫的名字时，他们俩瞬时在我的脑子里毫厘不差地合二而一，闪着耀眼的光辉。我知道他们两个对彼此的兴趣是那么强烈，在这个令人慵懒的阴雨天，他们已穿越时空紧紧地连接到了一起。我对自己的第六感非常有自信。而且，我在他们两个人身上感觉到的，也许正是那种叫做宿命或者热恋前兆之类的东西吧。

在烟雨迷蒙的灰色道路上，看着被雨水淋湿的柏油路泛出七彩的光，我一边走一边想，我的感觉肯定不会错。

“等一下，去看病人，是不是最好买点儿东西带给她啊。她，喜欢什么？”听恭一这么说，我不假思索地冲口而出：“什么都行，她好像喜欢苹果汁、白兰瓜、寿司。”

“这些东西混在一起，好像不会好吃吧。”恭一边说边摇了摇头。

这就叫自作自受吧。我心里想着，一路上偷偷笑个不停。

“鸫，来客人了。”

想象着鸫吃惊的眼神，以及她为了掩饰惯用的手法，我悄悄地打开了推拉门。

但是，鸫不在。

在灯光明亮的房间里，只有被褥，以及鸫睡过后留下的形状。我一下子愣住了。虽然说鸫常常喜欢做一些离奇古怪的事，但今天她可是个高烧近39度的病人啊！

“不在……”我喃喃着。

“但是，她不是病得很厉害吗？”恭一皱着眉头，说了句很奇怪的日语。

“按说，是那样的呀。”我也一筹莫展，“你在这里等一下，我到下面去看看。”

我跑到门口，去查看鞋柜里有没有鸫经常穿的那双拖鞋。只见鸫那双上面印有小白花的沙滩拖鞋一只不少地和客人们用的拖鞋一起摆在鞋柜里，我松了一口气。这时，政子小姨从走廊那边过来。问我：“怎么了？”

“鸫不在房间里。”

“啊？”政子小姨瞪大眼睛说，“可是，这孩子正发着高烧啊。刚刚请医生来给她打了一针，难道是那一针退了烧，感觉好些了……？”小姨不安地说道。

“肯定是这样的。”

“可我一直都在前台这儿啊，除了你，再也没有人出去过啊。也许她还在旅馆里吧……不管怎样，先找找看。”

“到底是怎么回事呀。”我深深地叹了一口气说。

我们让恭一帮着到家附近找找，我和政子小姨分头在旅馆内找。旅馆的附楼、自动贩卖机旁都看了，阳子的房间也打开看了看……都不在，连鸫的影子都没有。在这么一个小小的建筑物里，我们穿梭在两边有着相同门型的昏暗走廊上，伴随着雨声不断寻找着，渐渐地，我竟有了一种孤独地走在迷宫里的奇怪感觉。荧光灯下，在来来回回寻找的过程中，我和政子小姨越来越不安。是的，这种感觉从很早以前就有，每当这种时候，袭上我们心头的与其说是担心、愤怒，不如说是不安。我们知道，那个傲慢无礼的鸫，那个在我们眼前总是真实可触的鹓，她的生命之光其实是那样的微弱悲哀。

即使是玩秋千时稍微多玩了一会儿。

即使是在海里多玩了一会儿。

即使是因看深夜电影睡眠不足。

即使是在稍微有些凉的天气里，忘了穿外套。

鹓就会病倒。大家之所以对鹓的存在印象深刻，只不过是因为她在用那种强悍的方式抵抗着躯体的病弱而已……真的，在这样的阴雨天，我的脑子里一片空白时，往日的记忆就会从内心深处真实地浮现出来，那时的空气里仿佛充满着感伤的颜色，映照在暗暗的玻璃窗上——童稚的眼睛里。那扇紧闭的拉门是那么沉重，母亲的提醒"鹓的生命很危险，你要安静"，含着眼泪的阳子那长长的大辫子。小时候这样的事真的是家常便饭。

"还是没有啊……"回到鹓的房间门前，我们又一次叹着气说。

"附近这一带也都没找到。"恭一也一边说着一边迅速地上了楼梯。他好像没打伞就出去了，头发全被淋湿了。

“哎呀，都湿成这样了……真是对不起。”政子小姨还不知道他是谁，就先道起了歉。顺序都搞乱了。

“是不是去了远处啊。”我说着，想看看外边，便朝着阳台方向走去。从那个通往阳台的有着巨大木制窗框的窗户望过去。

于是，我发现了。

“在这呢……”我力气全无地对政子小姨说，然后吱吱嘎嘎地打开窗户。她竟然钻到晒衣台下面的木板和二楼屋顶之间的一个小小空隙里躲了起来。她一动不动地躲在那儿，从木板之间的缝隙里抬头看着我说：“被发现了。”

“什么被发现了啊？你这是在干什么啊？”我实在气得要命，不知道她这究竟是要干什么。

“呀，你光着脚啊！这么冷的地方……快过来，回头又该发烧了。”政子小姨说。看她的表情，显然是松了一口气。她把湿漉漉的鸫从阳台下面拽了出来。

“我去拿毛巾，你赶快进被窝，听见了吗？”看着政子小姨匆匆忙忙地跑下了楼梯。我问：“鸫，为什么你会待在那么莫名其妙的地方呢？”

的确，过去我们在玩捉迷藏的时候，鸫也总是喜欢藏在那里。可现在也不是能玩捉迷藏的时候啊。

“还不是因为你。”鸫大概是因为发烧烧的，嗓子有些沙哑地咯咯笑着说，“你带着恭一来，是想吓我一跳，对吧？我从窗口看到了你那副得意扬扬的样子，就想将计就计让你扑个空。”

“你妈妈脾气真好。”恭一说，“一点儿都没有责备你。”

刚才他一直客气地说要回去，小姨、鸫和我拼命地挽留，他才答应留下来喝杯茶。

“母亲对女儿的爱比海深呀。”鸫说。

我心想真是胡扯，小姨的平静仅仅是因为她对鸫平时惹的麻烦早已经习以为常了。反正过不了多久恭一就会知道的，所以我什么也没说，只是静静地喝着茶。而这时，恭一看着鸫就像看着一只濒临死亡的猫一样，眼神里充满了怜惜和同情。我不想给他泼冷水……而且，我注意到了鸫特别痛苦的样子，看上去实在令人担心。下眼睑处有些发黑，呼吸急促，嘴唇青紫。被雨水淋湿的头发贴在前额上，眼睛和脸颊烧得发亮。

恭一站起来，说："那，我告辞了，回头见。别再乱跑了，好好休息，快点儿好起来。"

"等一下。"鸫说着，用她那烧得烫人的手抓住我的手腕，声音沙哑地说，"玛丽亚，快留住他。"

"……鸫让你等等。"我抬起头冲着恭一说。

他回到鸫的枕边，问："有事吗？"

"给我讲点儿什么吧。"鸫殷切地说，"从小我不听一个新鲜故事，就睡不着。"

"胡扯！"我又在心里叫道。但是，我却觉得"新鲜故事"这个短语用得特别好。很可爱，好像散发着一种香甜的气息。

"嗯，讲点儿什么呢？那么为了让你睡个好觉，我就给你讲个毛巾的故事吧。"恭一说。

“毛巾？”我问。鸫也不解地瞪大了眼睛。

恭一继续说：“我一生下来，心脏就不太好。但必须长到一定年龄，有体力了，才能接受手术。当然，现在手术早已经做过了，而且这么健康结实，所以很少再想起那个时候。但是一旦遇到麻烦或令人痛苦的事，就会想起那条毛巾……过去，我是一个病得几乎起不来床的孩子。虽然知道做了手术也不一定能治好，但依然期待着那一天，等待一个不确定的结果，心情可想而知，平时不发作的时候还好，一旦发作起来，心里就会憋闷得令人不安，难受得要命。”

我们沉浸在他这突如其来讲的故事里。雨声好像消失了。恭一平淡却清晰地讲着，他的声音在安静的房间里回荡。

“每次发作的时候，我就躺下来，什么也不想。因为如果闭上眼睛，我会胡思乱想，而且我也不喜欢黑暗，所以我总是一直睁着眼睛，等着难受劲过去。大概就像人们说的遇到黑熊时躺在地上装死的那种感觉吧，实际上那种感觉一点儿也不好。我的枕套是特制的，是母亲结婚时，外婆送给她的质地非常好的进口毛巾，母亲一直都很珍惜地用着。后来，因为毛巾的边缘部分开线了，母亲就用它给我缝了一个枕套。深蓝色的底上，排列着五颜六色的外国国旗，非常好看。我经常侧着头静静地注视着那些搭配鲜艳的色彩。那时，我常这样捱时间……那个时候并没觉得怎样。后来，比如手术前，或手术后痛苦的时候，还有遇到令人厌烦的事情时，脑子里就会一下子浮现出那条毛巾上的图案。虽然那条毛巾早就没了，但是，那每一针每一线每一个纹路，却都清晰得让你觉得它仿佛就在眼前，只要你一伸手就能触摸到似的。人一下子就会有了精气神。很奇妙对吧？我想这大概也是一种信仰吧。怎么样，很有意思吧？讲完了，这样可以吗？”

“原来如此……”我说。他的稳重以及与年龄不相符的老成，还有他的眼神，大概都是因为他经历了那样的童年才能够拥有的吧。虽然他们两个的外在表现正好相反，但是鸫和恭一一样，都各自走过了一条孤独的道路。虽然我们说那是上天的安排，毫无办法。但是一想到鸫那弱不禁风的身体，却承载着那样一颗不同寻常的少女之心，心情就特别的沉重。因为，鸫有着一个比任何人都深沉、炙热的心魂，那心魂强劲得甚至可以抵达宇宙，但是却被她那极端孱弱的肉体限制着。那能量是否能让鸫一眼就感觉到恭一眸子里的东西呢？

“看着那些国旗，你想没想过那些遥远的国家？甚至死后要去的地方？”鸫看着恭一，突然提出了这么一个令人惊讶的问题。

“嗯，常常想。”恭一说。

“可是，现在你已经成了一个想去哪儿就能去哪儿的人了。真好。”鸫说。

“嗯，你也能……我说的不是想去哪儿就能去哪儿的意思。这里也很好啊，穿着沙滩拖鞋、游泳衣就能出门，有山有海，你的心脏那么健康，又爱琢磨事，即使一直待在这里，也比那些去过世界各地旅行的家伙们看到的东西多。我是这样觉得的。”恭一静静地说。

“如果是那样就好了。”

鸫笑了，眼睛里闪着光，烧得通红的脸上露出洁白的牙齿。那红红的脸颊在洁白的被子映衬下仿佛更增添了几分妩媚。我今天不知怎么特别爱流泪，禁不住低下头，拼命眨着眼睛。这时，鸫注视着恭一的眼睛说：

“我喜欢上你了。”

和父亲游泳

鸫和恭一在海边散步的时候，总是会引起人们的注意。是的，没来由的，他们俩在一起总是莫名其妙地引人注目。虽然，“鸫和男孩子”这道“风景”，大家应该早已见怪不怪了。但是，只要他俩一起走在这个小小的镇子上，不知怎么，就好像看到一对漫无目的地游荡在异国的恋人一样，给人一种不真实的感觉。他们俩总是带着两条狗待在海滨的某个地方。两个人注视着远方的目光，使看到他们的人们，如梦幻般地产生一种对往昔的眷恋。

鸫在家里时，依然是对谁都乱发脾气，小小的狗食被她踢翻了，她连个歉也不道；不管在哪里躺下就睡，肚皮露在外面很是不雅。而和恭一在一起时，鸫仿佛整个人都闪烁着幸福的光芒，甚至让人觉得“人生苦短”，要珍惜分分秒秒的幸福。这一切又带着少许的不安，那不安就像是从云隙间射出来的阳光一样，让我的心隐隐作痛。

鸫活着的方式，总是让我感到如此的不安和害怕。

肉体被感情牵引着旋转，好像瞬间生命就会被耗尽似的，令人眩晕。

“玛丽亚！”父亲一边从大巴的车窗里向我招手，一边大声叫着我的名字。声音大得甚至让我很难为情，不知怎么办才好。我站起来，向下车的地方走去。我看着巨大的公交车喷散着热气，发动机轰隆隆地响着，慢慢地从公路上转到了停车场这边。刺眼的阳光下，我注视着公交车的表情一定显得特别庄严。车门开了，父亲混在衣着鲜艳的旅客们中间，从车上下来。

母亲没有来。她在电话里说，如果来到夏天的海滨，可能会因为特别怀念过去的日子而流泪，母亲不想那样。她说想等秋天搬家的时候一个人悄悄地来，大概是想来给山本屋作最后的送别吧。但是父亲却坚持即使一个人也要来，说是做梦都想“和长大了的女儿一起度过一个假期”。所以，要来这里住一宿。一切都变了，这让我稍稍感到有些异样。那时，父亲总是在周末从东京来这里看望我和母亲。好像就是在不久前，是的，那时候，每到夏天，我就会戴着帽子，穿着凉鞋，坐在晒得发烫的水泥台阶上。焦急地盼着父亲乘坐的公交车快点儿来。父亲因为晕船，每次来都是坐公交车。那是分居两地的父女间再平常不过的相聚，我却总是翘首以盼。母亲常常因为工作忙走不开，只好让我一个人来。我就那样看着一辆接一辆到达的公交车，隔着车窗玻璃，寻找父亲。

这样的场景，在秋天和冬天也同样上演着。但不知为什么，当我回想起来的时候，却好像总是在夏天似的。父亲总是在耀眼的阳光里，迫不及待地笑着从车上冲下来。

实在是太热了，父亲戴着副墨镜，显得很年轻。我一眼看上去，吓了一跳，一下子从童年又回到了现在的十九岁。这一切好像是在梦中一样，让我晕晕乎乎的。一下子竟不知道说什么好。

“哇！海的味道啊。”父亲的头发被海风吹拂着，深深地吸了一口气说。

“欢迎。”我说。

“你呀，又变成当地的孩子了，黑了。”

“妈妈呢？”

“说还是不来了，想一个人在家清闲清闲。她问你好。”

“哦，我猜就是这样。政子小姨也是这样说的。觉得好像很久都没有像这样来接过爸爸了。”

“就是啊。”父亲喃喃地说道。

“接下来做什么呢？得先把行李放回去，对吧？和小姨他们打个招呼，然后再做什么呢？开车去哪儿玩吧？”

“不，去游泳。”父亲毫不犹豫地说，那兴奋的语气好像早就等不及了似的。“别的再说，我可是来游泳的。”

父亲从前几乎不怎么游泳。

在我们一家团聚的短暂时间里，他不愿意让“海”插进来。就好像担心那盛夏海滨的慵懒、烈日炎炎下的热烈会破坏我们一家在一起时那小小的安逸似的。虽然是情人的身份，但是母亲好像一点儿也不惧怕别人的视线。傍晚，厨房的工作告一段落后，母亲就会重新梳好头，换上衣服，高高兴兴地带着我和父亲一起去散步。三个人在淡淡夜幕笼罩下的海滩漫步走着，这也是我们一家三口最幸福的时刻。深蓝色天空下，蜻蜓在飞来飞去。我吃着冰激凌。这种时候好像总是风平浪静，海滩上残留的热气迎面扑来，带着潮水的气息。冰激凌的味道总是让我回味无穷。朦胧中，母亲的面庞显得特别白皙。夕阳从天边的云隙中照射下来，母亲的脸庞在夕阳的照耀下是那么美，轮廓是那么柔和。而父亲也根本不像是刚刚从东京赶过来的样子，和母亲并肩走着，结实的肩膀给人一种真实的存在感。

沙滩被海风吹得留下一道道波浪一样的痕迹。游人稀少的沙滩，只有波涛的声音显得很大很吵。

一个人总是这样聚了又散、来了又走，该多寂寞啊。父亲不在的时候，不知为什么，我总是恍恍惚惚觉得好像四周都是死的影子似的，让人感到孤寂凄惶。

周末还在一起的父亲，等星期一早上我睁开眼醒来的时候，却连个人影也看不到了。这个时候，年幼的我竟害怕从被子里出来。我总是犹豫好久才去问母亲，为的是把那个确定父亲已离开的瞬间，尽量延迟。当我又一次回到床上孤寂烦闷地将睡未睡时，母亲来掀我的被子。

“早操要迟到了，快起床!”母亲笑着说。那灿烂的笑容又让我回到了父亲不在时的日常状态，于是，我的心终于安稳下来。

我总是还没睡醒似的首先问:“爸爸呢?”声音

沙哑。

母亲笑着告诉我："坐最早的一班车回东京了。"那笑容里却有一丝淡淡的哀愁。

我睡眼惺忪地望着纱窗外早上的景色，心里想着父亲，想着去接他时的情景：他牵着我的手，我嫌热想挣脱，他却攥得紧紧的，不肯撒手。还有他脸上那单纯的笑容，以及傍晚三个人一起去散步时的光景。

阳子总是在这个时候来找我。于是我们在还有些凉爽的早上，一起去公园做广播体操。

每当我静静地看着父亲游泳，看他远远地消失在波涛间，从前那些早晨的情景就会活生生地涌现到我的脑海。

来到海边，我还在换衣服的时候，父亲却早已等不及了，叫着："玛丽亚，我先走了啊。"就跑着向海里冲去。我发现我的手臂从胳膊肘往下和父亲的简直一模一样，我暗暗惊讶。我一边涂着防晒霜一边想，毫无疑问，这个人就是我的父亲。

耀眼的太阳高高地挂在天上，沙滩上的一切都无遮无挡地晒在太阳底下。海水如同平静的湖面一样，没有一丝波澜。父亲一边像孩子一样大叫着“好凉啊！好凉啊！”一边跑进海里，消失在远处。渐渐游向大海深处的父亲，看上去恍如被大海牵引了过去一样，因为那蔚蓝色的大海是那么广阔、无边无际，一个人游在里面显得那样渺小，很快就被吞噬在那蔚蓝的景色里了。我也站起来，紧随父亲奔向大海。一开始海水凉得让人恨不得跳起来，但是我喜欢皮肤和海水很快相适应的那一瞬间。抬起头可以看到在蓝天的映衬下，环海的山上郁郁葱葱，清新悦目。海边的绿总是那样浓郁，那样鲜明。

父亲已经向前游了很远。他虽然还算年轻，但作为一个刚刚开始拥有家庭和孩子的男人来说，他这个年龄显然不能算早的了。当我游到他后面不远，只隔着几米的地方时，我发现父亲的头显得很小，在蔚蓝起伏的波涛和远处大海那耀眼的波光中，时隐时现，让人担心他不知何时就会消失不见，我游着，心中却充满了莫名的不安。不知道是不是海水太冷的缘故，或者是因为自己正游在脚触不到地的大海里的缘故，也说不定是因为那形状转瞬即变的白云，或者是阳光强弱的变幻等等。是这些因素在我内心里引起了刚才的不安吧，总觉得父亲就会这样一去不回地被波浪卷走，消失在海的尽头……不，不是这样，不是这种物理性的东西，而是我对现在定居在东京的生活依然有种不确定的感觉。海上，远处有红旗随着海风猎猎地飘舞着，我置身在这大海中，想着那个在东京的家，却只有一种梦幻般的感觉。眼前，父亲划着水拼命向前游着，但这也只是那个遥远梦境的一部分而已。在我的内心深处，很多东西还没有完全梳理清楚，我依然还把自己当做那个在周末等候着父亲到来的少女吧。

记得有一回，父亲工作太累了，当他一脸疲惫地来到这里时，母亲用一种既不是嫌弃挖苦，也不是担心的语气，笑着说："如果现在你倒下了，以我们的身份，既不能去东京看你，也绝对没有资格参加你的葬礼。我不希望发生那样的事。所以请你为我们好好保重自己的身体。”

我想，在孩子的内心里，大概也有这样的想法吧。是的，在那聚少离多的日子里，我心中的父亲，是个随时会去了远方再也不回来的人。

当我想着这些的时候，父亲在炫目的阳光下停止了划水，眯缝着眼回过头来。我加快速度穿过一道道波浪渐渐地追上了父亲。父亲看着越来越近的我，笑着说：“等着你呢。”

千万条光线闪闪烁烁，晃得我禁不住屏住呼吸。接下来，我们并排着一边朝着浮标的方向游，我一边想：父亲明天肯定又是带着一大包多得几乎拿不了的鱼干呀海螺呀之类的水产品坐新干线回去吧。在厨房干着活的母亲大概会转过头来，跟父亲打听我和这里的人们的情况吧。这些情景就像梦幻一样浮现在我的眼前，让我这个独生女觉得幸福无比。是啊，我即使失去了这个海滨故乡，但是，我已经有了一个安稳幸福的家可以随时回去。

上了岸，我们躺在沙滩上休息。突然，我的手被一只赤脚狠狠地踩住了。睁开眼，看到鸫正俯视着我，逆光中，鸫那白皙的皮肤和亮闪闪的大眼睛令人炫目。

“干吗踩我？”我说。很不情愿地坐了起来。

“没穿着拖鞋踩你就是对你客气了。”那只温热的脚终于离开了我的手。鸫穿上拖鞋。旁边父亲“嗯”地一声也坐了起来。

“哎呀，是小鸫啊。”父亲说。

“姨父，你好。好久不见了。”在我旁边蹲下来的鸫看到父亲后，马上变成了一副笑脸。因为已经很久没有一起上学了。乍一看到她这副故作客气的笑脸，突然特别怀念，同时也一下子想起了她穿着校服的身姿，在学校，鸫总是喜欢装出一副乖巧老实的样子。那一瞬，我突然想：如果恭一也和鸫就读同一所学校的话，他是否也能注意到鸫的存在呢？肯定能吧。和鸫一样，他也是那种喜欢通过某件事，把人生挖掘得极其透彻的人，给人一种失衡的感觉。这类人，即使把他们的眼睛蒙上，也一定能够找到对方。

“鸫，你这是要去哪儿？”我问道。风很大，能感觉到沙子在脚下慢慢地流走。

“去幽会啊。羡慕吧？”鸫说，脸上绽放出灿烂的笑容。“我可不像有些家伙，一天到晚只会黏着爸爸，躺在沙滩上消磨时光。”

我一如平常地保持着沉默，父亲还不太了解鸫，这时显得有些尴尬地说：“不是，像我们这样长期不在一起生活的父女，长大了的女儿就像恋人一样啊。小鸫如果不着急的话，也坐下来一起看会儿海吧。”

“唉，怎么您还是这么一个不会开玩笑的人啊。好吧，那就在这儿坐会儿。太心急了，出来得有些早了。”鸫说着，一屁股坐在塑料布上，眯缝起眼睛看着大海。鸫的背后，在蓝天映衬下，遮阳伞那鲜艳的伞沿被风吹得“哗啦啦”地狂舞着。如此艳丽的景色，我躺在那里，眼睛舍不得离开片刻，心仿佛飞到了很远很远的地方。

“小鸫在恋爱，是吗?”父亲说。

他总是这么和蔼可亲。以前，他的优柔寡断也曾让他陷入过各种各样的困境。然而，一切都风平浪静后再看他，觉得他就像那阳光照耀下的群山一样，明朗沉稳。他恰到好处地发挥着自己的个性，沉稳地让每一件事都得到圆满的解决。现在看来这是多么神圣了不起的事。

“嗯，算是吧。”鸫说。她一骨碌在我的身边躺了下来。头很随便地枕在我的衣服上。

“这样晒太阳，又该发烧了。”我提醒她。

“恋爱中的女孩不容易生病啊。”鸫笑着说。我没理她，默默地把我的帽子盖在了她的脸上。

“好吧，好吧。我能平安地活到这个年龄，皮肤这么白皙，饭吃得这么香甜。都是承蒙玛丽亚您的关照啊。”说着，鸫把帽子盖好了。

“小鸫变得比过去结实多了啊。”父亲说。

“托您的福。”鸫说。

三个人并排脸朝天躺着，感觉好奇妙。偶尔有一朵淡淡的近乎透明的白云飘过。

“是不是在谈一场旷世之恋啊？”

“哪里，跟姨父比差远了。毕竟您曾经是个常年通勤的丈夫嘛。本来我还在想你们将来会怎样呢，没想到自己也陷了进去。”

这两位竟然很投缘。鸫的父亲很古板而且男子汉味十足，如果现在换作他的话，鸫肯定要挨骂了。我记得有几次在吃晚饭的时候，当鸫这样没大没小地信口胡说时，他气得一语不发，摔下筷子就走了。当然，在鸫的生活里她从来不把这些当回事儿。我父亲虽然是个优柔寡断的人，但他还分得清别人是善意还是恶意。他知道鸫的话并没有恶意。听着两个人你一言我一语地斗嘴，我竟觉得特别可爱，特别好玩。

“我这个人啊，一旦决定去做一件事，就绝不半途而废。当然，对方是怎样的人也占有很重要的因素。”父亲说。

“姨妈也很有韧性，不管怎么说，人家毕竟是个大美人啦。我一直希望姨妈一辈子都住在这儿，让姨父一直这样两边跑下去呢，毕竟这才是情人间唯一正确的道路。对吧？”

“如果能清楚地看到未来的话，也说不定会那样。”父亲认真地说。好像不是对着一个小姑娘，而是对着命运女神在说似的。

“恋爱这种事，等你意识到时，已经陷进去了，不管年龄多大都一样。但是，恋爱可以明确地分为两种，一种是能够看到未来的，一种是看不到未来的。这个只有当事人自己最清楚。如果是看不到未来的话，那就是大戏要开场了。当我认识现在的妻子时，就突如其来地有一种‘未来是那么遥远’的感觉。所以，也许并不一定非要结婚才最好。”

“那样的话，我怎么办啊？”我开玩笑说。

“哦，是啊，还有你呢。所以现在真的很幸福。”父亲像个少年一样伸了个懒腰，环视着大海、山和天空说，“总之我没什么好说的，一切都那么令人心满意足。”

“我就喜欢像您这样，说话不留余地、直来直去。像姨父这样能让我不矫情不虚伪的人还真是不多呢。”鸫一脸认真地说。父亲听了好像特别高兴似的笑了。

“小鸫肯定一直都有很多男孩子喜欢你吧？是不是从来都没有像现在这样喜欢上一个人？”父亲说。

鸫歪着头，好像是自言自语似的，轻声说：“嗯……既觉得似曾有过，又可以说从未有过。唉，至今为止，不管发生什么，即使对方在你眼前哭天抹泪，即使是你再喜欢的人，如果他想要拉你的手，想要碰你。也总觉得他是个旁人，跟我没关系。就好像是站在黑漆漆的岸边隔岸观火一样，等着那火自己熄灭，甚至会无聊得令人昏昏欲睡。不过那样的时候已经过去了。我在想，人在恋爱中终究是有所求的吧，在我们现在这样的年龄。”

“那当然了，人啊，自己付出了如果得不到相应的回报，终究会放弃的。”父亲说。

“可是，这次我觉得自己好像是参与进来了。也不知是因为小狗的缘故，还是我们家就要搬家的缘故。反正，对恭一的感觉真的不一样。见多少次都不会烦，每次见到他，恨不得把手里拿的冰激凌之类的东西涂抹到他的脸上，就这么喜欢。”

“你打的这是什么破比喻啊。”我嘴上这样说着，内心却被深深打动。炙热的沙子轻轻地触摸着脚底，我真想对着一波又一波的海浪声，为鸫祈祷今后好运永远伴随着她。

“是吗，是吗？”父亲说，“什么时候让我见见那个男孩子吧。”

“嗯。”鸫点了点头。

第二天，我送父亲去坐直接开往东京的长途大巴。

“问妈妈好。”我对父亲说。晒得黑黑的父亲点了点头。父亲到底还是两手提着一大堆海鲜，分量多得甚至让人觉得，那得多少人吃才能吃得完啊。母亲肯定又得费心费力地把它们分给四邻五舍吧。

而今那场景已经深深地植根在我的心中：东京的街道、格外安静的晚餐，还有父亲回家时的脚步声。

夕阳照射下的公交车站，反射着橘黄色的光，分外耀眼。和开走时一样，长途大巴先慢慢地开进来，载上父亲后又慢慢地开上了公路。父亲一直不停地挥着手。

一个人朝着回山本屋的方向走着，黄昏中，我感到了些许寂寞。故乡将随着这个夏天的结束而消失，走在这条小路上，我想把那种明确的无力感留在心中。就像傍晚这瞬时多变的天空一样，这个世界上有着各种各样离别，而每一个离别我都不想忘记。

夏日的狂欢

夏天，当来这里度假的旅客数量达到高峰的时候，这里的夏季庙会就该开始了。其实，这几乎只是小镇上的原住民们为了自娱自乐而举行的一种仪式。他们以位于山上的一个大神社为中心，在神社广场上摆了一圈露天摊铺，有纳凉舞蹈大会，有为表演神乐而搭建的舞台。在海边还有盛大的烟花大会。

为了准备这个庙会，小镇上到处是一片繁忙的景象，秋天也在这日常的忙碌中悄无声息地降临了。虽然日光还很强烈，但是海风却稍稍变得柔和起来，沙滩的沙子也不再烫人了。雨水挟着潮湿的云雾气味，把海边整齐地停靠在那里的一排渔船静静地打湿了。这是夏天正在向我们展示着她要离去前最后的背影。

就在将要举办夏日庙会的前几天，不知是不是玩儿得太累的缘故，我突然发起烧来。紧接着鸫也病倒了。于是阳子像个护士一样，在我和鸫的房间之间奔来忙去，一会儿给我们拿来冰枕，一会儿端来粥。嘴里不断地说着："在庙会前一定要让你们好起来。"

我这个人很少发烧，一旦超过三十八度，就会觉得头昏目眩。烧成这个样子，浑身滚烫的我只能躺在被窝里昏睡了。

不用说，鸫就不是这样了。那天将近傍晚的时候，她一如往常地招呼也不打，"哗啦"一声拉开门，进了我的房间。窗外残阳如血，我静静地看着远处那可怕的天空，浑身烧得一点力气也没有。因为懒得搭理她，所以她进来时，我脸都没转，依然看着窗外。

"哈，你真的发烧了啊？"鸫说着，踢了一下我的后背。我只好翻过身来，把脸朝向她。只见她把头发都拢在后面梳成了一个马尾，穿着淡蓝色的睡衣，看上去很精神的样子。

“倒是你，真的在发烧吗？”我说。

“这点儿热度，对我来说太平常了。”鸫笑着说，握了握我伸在被窝外面的手说：“嗯，和我差不多的热度。”

过去，每次鸫发烧的时候，摸她的手都烫得吓人，今天这种感觉确实没有了。

“你对此已经习以为常了啊。”

一想到她每次烧成这样却依然这里那里地窜来窜去时，竟有些佩服和感慨。人在发烧的时候，感觉眼前的东西都会漂浮起来似的。身体变得很沉重，心却飞得很远。平时根本不会去想的问题，这时却集中精力翻来覆去地想。

“是啊，但是体力不行，很快就会筋疲力尽的。”鸫蹲在我的枕头边上说。

“不过，您的精气神看上去可是别人的一倍都不止呢。”我笑着说。

“你应该说：‘你就是靠着精气神在活着吧。’”鸫说完也笑了。

这个夏天的鸫是那么漂亮，很多时候，她的一颦一笑都美得让人着迷。她那欢快的笑脸，就像山顶上的淡雪一样清新珍贵。

“发烧的时候，眼前的东西会变得很奇怪，对吧？特别好玩。”鸫格外温柔地眯着眼睛说。那个样子就像是找到了同伴的小动物一样开心。

“嗯，一切都好像变得特别新鲜。”我说。

“如果像我一样，时不时地发一回烧，人就会在那种状态和现实生活之间来来回回地穿梭，最终竟分不清哪个是真实的世界了，而人生却以一种惊人的速度在飞逝哦。”

“所以你就总像喝多了酒似的，那么亢奋。”

“对，对。”鸫笑着站起来，一转身从我的房间出去了。可是，她的背影却像影像一样，非常清晰地印在我的心中。

到了开庙会的那天晚上，我们俩的身体全都好了。于是鸫、恭一、阳子和我，我们四个人一起去了庙会。鸫精神头十足地说，要带着恭一好好逛逛这个小镇的庙会。

我们姐妹三个一起穿着和式浴衣出门，已经是一年前的事了。穿和式浴衣时，因为无法给自己那宽宽的腰带在背后打花结，所以我们都是互相帮着对方系。在山本屋宽敞的和式房间里，把那个绣有白色大花图案的蓝色浴衣展开，配上那些红色或粉色闪闪发亮的廉价腰带。我帮鸫系的是一条红色的腰带。系腰带时，我才真正感到了鸫腰身的纤细。腰带好像怎么系都系不紧似的，我甚至觉得最后我的手里除了那条长长硬硬的腰带，再也剩不下什么，那一瞬，心里禁不住一阵惊悸。

换好衣服，在楼下的大厅看电视的时候，恭一来接我们。他身上穿的还是平日里的衣服，鸫责备道："真是个令人扫兴的家伙。"恭一伸出穿着木屐的脚说："这里不一样啊。"光着的大脚丫倒是符合夏天的气氛。鸫和平时一样，一点儿也没有意识到自己穿着和式浴衣的妆容有多漂亮。而是伸出她那白皙的手拉住恭一的手摇晃着，像个孩子似的催促着说：“快走嘛，快走嘛。烟花大会开始之前我们还要去逛逛夜市呢。”那样子让人觉得特别可爱。

“咦？恭一，你的脸怎么了？”如果不是阳子问起，我们都没有注意到，站在门口暗影里的恭一，眼睛下面有一块不太明显的瘀青。

“肯定是我们俩交往的事被我家老爸发现了，挨揍了吧？”鸫说。

“是啊。”恭一苦笑着说。

“真的啊？”我问道。

“骗你们呢，我也不知道。首先，我老爸爱我还不至于爱到那种程度。”鸫虽然笑着，说得却好凄凉。于是大家都不好再去询问真相，一起出了门。

抬头看到银河在天上闪着朦朦胧胧的光。我们沿着小路穿过海滩，大喇叭里传来的盂兰盆舞蹈的音乐声，顺着风传到了小镇的每一个角落。海面看上去比平时黑暗了许多，大概是因为海滨一带悬挂了很多灯笼，从而使海滩明亮起来的缘故吧。人们好像对这深沉的夏夜无比留恋，都特意放慢了脚步，不管哪段路面上，都是人挨人、人挤人，好像全镇子的人今晚都出来了似的。

我们遇到了几个过去的好朋友。有小学的、初中的，还有高中的。虽然大家都已经长得像个大人了似的，但是一见面，在纷乱的记忆中依然能看到过去的影子，仿佛是在梦中一样。大家笑着、挥着手简单地打过招呼，然后擦肩而过。笛声、纸扇、海风，所有的风景在夜色的映衬下，都像放河灯一样，缓缓流淌着。

不是置身于庙会，就无法想象庙会晚上那种气氛。哪怕只是少了其中一点点元素，也无法让我有那种就是“这个感觉”的完整印象。可是，明年的这个时候，我还会来这里吗？也许只能带着这种缺憾，站在东京的天空下，在心中怀念一个不完整的夏季庙会吧。

我一边逛着夜市，一边思绪如潮地想着。

当我们排着队，准备去正殿参拜时，发生了一件事。

鸫嫌排队参拜太麻烦，想要溜走。我和阳子拼命地说服她留下："只有这个仪式，你不能不去。"

没办法，鸫只好和我们一起排进了队伍。

"你们真的相信有神灵存在吗？很虔诚吗？即使到了这个年龄？真的相信在这里扔下点儿钱，双手合掌拜一拜，就能祈愿成真？"等等等等。嘴里没完没了地唠叨着这些对神有失恭敬的话。

恭一在这种时候，总是微笑着一言不发。那种沉默的方式实在是太自然了，反倒有一种强烈的存在感。在他面前，鸫自然知道自己可以任性到何种程度。鸫总是善于把这样的男孩子吸引到身边，难道对于鸫来说，这样的人是她必需的吗？

神社正殿的院子里十分拥挤，参拜的队伍一直排到了大门入口的台阶处。耳边不断传来正殿里的挂铃被人摇响的声音和人们把香钱扔进钱箱的声音。队伍一点点地往前移动。正当快排到我们的时候，有几个人故意从正闲聊着的我们四个人中间穿来穿去。在拥挤的队伍里，这样的事本来也不算什么。但他们来来回回穿了好几次，一看就是故意找茬。这时，又有一个男孩子从鸫和恭一中间穿过，并故意把他俩往两边推了一下，那副样子简直就是人们常说的那种“流氓阿飞”，紧跟在他后面的三四个人，也跟他一个德行，一副赖皮欠揍的样子。

那种横穿的方式实在是让人感觉别扭，我们几个顿时怒火中烧。恭一更是毫不客气。他冷不防脱下一只脚上的木屐，“嗵”的一声使劲打在了最前面那个男孩子的后脑勺上。

我们都吓呆了。

那个男孩儿大叫了一声：“哎哟，疼死了！”扭头一看是恭一，顿时吓得连滚带爬地在黑暗中逃走了。他的同伴们也紧随其后，推搡着在狭窄的台阶上排队的人们，一溜烟地跑走了。

周围目睹了事件的发生和结束的人们，突然一下子变得鸦雀无声，就在那些家伙逃走了的数秒钟里，大家都愣住了。但很快人们又排好了队，继续向前移动，叽叽喳喳的闲聊声又响了起来。

只有我们始终没有从惊吓中缓过神来。

鸫先开了口：“哎，你这个家伙，不管人家把我们推开多么不对，你也不该拿着木屐敲人家的头啊……”

我和阳子被她的话逗笑了。

恭一说：“不是，你们不知道。”灯光下他的侧脸有些阴暗不清，只听到声音很深沉，但是很快他又恢复了明朗的声调。“这里，就是刚才那帮家伙打的。”指着眼下面那块青斑说，“在黑暗中突然遭到了他们的袭击。所以我拼死记住了他们中间的一个。一点儿没错，就是刚才那个家伙，所以……”

“为什么？”我问。

“在这里，大家对我父亲的评价不太好，因为我家的饭店不是把这里的地价抬高了嘛。也是，突然间一个外来户在这里建起一个巨大的饭店，把客人都拉了过去，不用说，目前遭受攻击也是在所难免的。我父母和我对此是做好了精神准备的。但是，干上十几年后，大家肯定会接纳我们的，肯定。”

“恭一和这些又有什么关系呢?”我虽然这样说，但是内心里却觉得，在这个人身上可能真有着某些让人嫉妒的东西吧。一个人带着爱犬长期居住在旅馆里，每天在这个将要定居下来小镇上逛来逛去，轻易地就俘获了“当地第一美女”的心。即将建成的巨大饭店，将来是他的。在这个世界上就有那种单纯因为这些而记恨别人的人，他大概就是遇上了这种人吧。

“没关系。”阳子说，“我们并不是马上就要从这里搬走再也不回来了。而且我妈妈也很看好恭一君，前几天她还和我爸爸说，如果旅馆业将来由恭一那样的孩子去打理，这个地方肯定会越来越好的。还有，恭一君住的旅馆中浜屋的人们，大家可能早都知道了恭一君的来历，但是他们不是照样喜欢你还有权五郎吗？恭一君也主动帮着旅馆做这做那的，一个暑假，就交了这么多好朋友，所以你不用担心，住久了，你肯定会被大家接纳的。”

说这些话时，阳子那种找不到要领却又拼命想要表达的样子，实在让人感动。

恭一点头只说了：“嗯，是吧。”

我沉默着点了点头。

鸫始终一言不发地看着前方，但是从她那系着红色腰带的小小的背影，我知道她是认真听了的。

终于轮到了我们，我们摇响铃铛，合掌祈愿……

离烟花大会开始还有点儿时间，鸫说想和权五郎玩会儿，于是大家一起去了恭一住的旅馆，那里离海滨很近，等烟花大会开始了再跑去也来得及。

拴在院子里的权五郎，看到恭一高兴地跳来跳去。鸫也凑上前去，和式浴衣的袖子蹭得满是泥土，也毫不在意地大叫着：“哇，权五郎！”然后他们俩就玩到了一起。

看到这一幕，阳子深有感触地说：“鸫真的是喜欢狗啊！”

“是啊，谁也没想到。”我笑着说。鸫脸上好像有些不高兴地转过头来说：“狗不会背叛你啊。”

“嗯，你的话，我也深有同感。”恭一说。

“每当我挠着权五郎的肚皮的时候，常常想，这个家伙，大概这辈子都得由我给它吃给它喝，一直跟着我直到死吧。这是一件多了不起的事，忠心耿耿、从不要回报，这一点至少人很难做到吧。”

“关于不会背叛……怎么说呢，人活着总是会不断接触到新的东西，然后被其吸引而慢慢发生改变，会忘却、会割舍，这些总是无法避免的。大概是因为人活着要做的事情太多了的缘故吧。是这样的吧？”我说。

“说得一点儿也没错。”鸫一边应和我，一边继续和权五郎玩。旅馆的院子里，摆放着许多精心修剪过的盆花，从几个房间的窗子里透出明亮的灯光。门口那边传来了去看庙会的人们来来往往的说话声和木屐声。

“今晚的星星好亮啊。”阳子抬起头看着夜空说。以隐约闪现的银河为中心，闪亮的星星们仿佛是从那里浸开来一样，布满了整个天空。

“是恭一君在院子里吗？”声音是从一扇窗子里传出来的，抬头看去，那里是厨房。在旅馆工作的一个阿姨从窗子里探出头来。

“到，是我。”恭一像个小学生一样回答道。

“朋友们也来了吧。听到你们的声音了。”阿姨说。

“嗯，有三个人。”

“那，让大家吃点儿水果吧。”说着，阿姨递出来一个大玻璃盘，盘子里盛着很多切成小块的西瓜。

“真不好意思，谢谢。”恭一说着接过了盘子。

“别站在那么黑的地方，去大房间里吃吧。”

“啊，没关系，谢谢了。”恭一说着。我们也点头向她道谢，阿姨却笑着说：“不用谢，不用谢。他总是帮我们干这干那的，帮了我们很多忙，虽然是那个大饭店老板的儿子，我们也不计较了。这个孩子人缘很好呢。恭一，等饭店建成了，你可别忘了尽量把客人分给我们一些哦。如果你们那儿接到三个预订房间的电话，起码要拒绝一个，说：‘真对不起，我们这里的客房已经满了，我们可以给您推荐中浜屋。’一定要记住啊。”

“嗯，我记住了。”听恭一这样回答，阿姨笑着把窗户关上了。

“你这家伙，整个一个师奶杀手啊。”鸫说着，毫不客气地拿了一块西瓜就吃起来。

“你呀，你的话怎么就不能好好说呢。”阳子说道。鸫装着没听见，满头是汗地闷头吃着西瓜。

“你帮了他们很多忙吗？”我问道。还没听说过房客帮着旅馆干活的呢。

“嗯，反正也没什么事，不知不觉就做上了。好像他们旅馆人手不足，早上和晚上特别忙。而且，他们让我把狗放在这里，还总是给我好吃的。”恭一笑着说。

也许正像政子小姨说的，即使有一天我们走了，只要这个人还在这里，好像一切就有了希望。

西瓜很水灵，味道甘甜。我们在黑暗中蹲着，一块接一块地吃完了西瓜。洗手时，感觉水管里的水很凉，水在暗黑色的土地上流成了一条小小的溪流。一开始权五郎看着我们吃东西，好像特别羡慕。不一会就无聊地躺在草坪上，睡着了。

在我们成长的过程当中，目睹着各种各样的事物，而且这些事物不停地发生着变化。对此，我们以各种各样的形式体会认识着，不断前行。如果说在那里面有什么是我想要留住的话，那么，就是今天这个夜晚。在这里充满了一种小小的、宁静的幸福，甚至让我们觉得，除此之外我们再也不需要任何其他东西了。

“这个夏天真的是太棒了。”恭一说。

也许是为了回应恭一的话，鹈说：“今天的西瓜真是太好吃了。”

突然天空中传来了一声巨响，接着是人们的欢呼声。

“烟花大会开始了。”鸫兴奋地站了起来。

抬起头来，只见巨大的烟花正从房子的后面闪现，然后在天空中“啪”的一声散开。我们趁着下一声烟炮响起前，朝海边跑去。

在没有任何东西遮挡的海面上，烟花绽放，那美丽的烟花就像宇宙的瑰宝一样，看上去奇妙而不可思议。我们几个在岸边站成一排，看着一个接一个在天空中绽放的烟花，自始至终谁都没有说话，每个人都陶醉在那一个又一个美丽的瞬间里。

发　怒

鸫真的发怒的时候，看上去，她整个人一下子会变得冷冰冰的。

这往往只是在她真的被惹怒的时候。像她平日里间歇性发作的，满脸通红、口不择言、乱摔东西等等，我说的并不是这些，而是当她真正面对一个自己从心底里憎恨的具体对象，双目怒瞪时，她就像变了一个人一样。那种不顾一切、浑身放射出愤怒的蓝光的样子，总是让我想起那句话“温度高的星星，发出的光不是红色的，而是蓝色的”。不过，即使我这个一直生活在鸫身边的人，也很少见到她这样发怒的时候。

记得那是鸫升入初中后不久的事。阳子、我，还有鸫，我们三个人正好每人相差一年，在同一所中学上学。

有一天午休的时候。天，下着雨，所有的一切都变得阴沉沉、昏昏暗暗的。同学们不能到外面去玩，只好都待在教室里。哄堂大笑的声音、走廊里跑来跑去的声音、大声喊叫的声音……雨打在教室的玻璃窗上，如瀑布一样哗哗地流下来。这些嘈杂喧闹的声音，在昏暗封闭的校园里，就像海的轰鸣声一样，此起彼伏。

这时，突然传来“哗啦”一声好像是玻璃被打碎的声音。

这声音在一片嘈杂声中，显得特别尖利刺耳。一瞬，教室里一下子变得鸦雀无声。很快听到不知谁喊：“是平台那边。”大概是哪个去走廊查看的同学。他的声音刚落，闷得发慌的学生们纷纷奔出教室，朝着平台方向跑去。平台位于二楼走廊的尽头。通往平台处有个玻璃窗，窗户的外边，放着一些上理科课时同学们栽培植物用的大花盆、兔笼子，以及不用的椅子等等。我想可能就是那个玻璃窗被打碎了吧，于是也紧跟在大家后面向那个方向跑去。

但是，当我从吵吵嚷嚷拥挤的人群缝隙间看过去时，吓了一跳。在满地的玻璃碎片中间，有个人独自站在那里，是鸫。

“再让你看看我身体究竟多好吧？”鸫突然说。那声音没有一点儿抑扬，却充满了力量。我顺着鸫的视线看过去，她对面不远处站着一个脸色苍白的女孩。那个女孩儿和鸫同班，也是鸫的死敌。

“怎么回事儿？”我着急地向站在周围的同学打听。那个同学说，具体她也不太清楚。好像是作为学校的马拉松比赛选手，鸫被选上了，但鸫不去，于是就换上了那个女孩儿。那个女孩儿很生气，就在中午休息时，把鸫叫到了走廊上，说了一些讽刺她的话。于是，鸫一言不发地抡起椅子，就把玻璃窗砸破了。

“你把刚才说的话再说一遍！再说一遍！”

鸫说。

那个女孩儿一句话也不说，保持着沉默。周围的人都紧张地悄悄咽下一口唾沫，没有一个人想着去叫个老师来。不知是不是被她自己打碎的玻璃划伤了，鸫的脚腕上流着血，但是她好像一点儿也不在乎，只是用两眼直直地瞪着那个女孩儿。我注意到，这时的鸫，眼神真的很可怕，不是狡黠邪恶的那种，而是像狂人一样。鸫的眼睛里沉静地闪着光，仿佛在看着遥不可及的地方。

现在回想起来，好像就是从那天起，鸫在学校里开始刻意保持低调了。那件事成了她在学校里公示自己的最后一幕。我想当时在场的人们大概一辈子都不会忘记，那一刻的鸫，全身散发着强烈的光，眼睛里喷射着愤怒的火焰，让人害怕：她会不会杀了那个女孩儿？甚至杀了她自己？

我拨开人群，奋力挤进去。鸫瞪了我一眼，眼神里完全把我当成了一个障碍。那一瞬，我的心里竟有些畏缩。

“鸫，算了吧。”我说。我想鸫大概也希望有人制止吧。那个时候她自己大概也不知怎么办才好了。围观者们对我的出现感觉更加紧张，那气氛，就好像我是一个突然出现在狂牛面前的斗牛士一样。

“回去吧。”我抓着鸫的手腕，用力往回拉。她用冷静的目光看着我，手腕传来的热度特别的高。我吃惊地感觉到：她愤怒时身体会散发出热量！我只好闭嘴。鸫突然冷漠地甩开了我的手，我赌气想再去抓，这时和鸫打架的那个女孩儿趁机一转身，一溜烟地逃走了。

“嘿，你给我等着！”鸫叫着。我拼命地拽着鸫，鸫也拼命地挣扎着，正当新的战争就要开始时，阳子顺着楼梯慢慢走了下来。

“鸫！你在干什么？”阳子一边朝这边走，一边说。到此为止，鸫大概是彻底死了心，她突然停止了挣扎，用一只手推开了我。阳子的目光扫过地上的玻璃碎片、周围的人们还有我之后，用一种困惑的表情问我：“怎么回事？”

我不知道如何回答，因为无论我说什么，都会给鸫带来深深的伤害。打架的起因是鸫身体的病。我知道，那是鸫内心里不可触碰的痛。

“嗯……嗯……”正当我不知说什么的时候，鸫突然低声说：“算了，和你们没有关系。”那声音很凄凉。她的样子好像连一丁点儿希望都没有了。只见她低着头不断用脚踢着玻璃碎片，那“刷拉刷拉”的声音在走廊里回响着。

“鸫……”阳子刚想开口，鸫用一种“够了！别说了！”的表情，拼命地抓挠着头发，看她的样子好像真要把头皮抓破似的，我们赶快制止了她。鸫不再挠头，走进教室，拿着书包又从教室里走了出来，然后，直接下楼回家去了。

围观的人群也都散去了，阳子收拾完玻璃碎片后，到鸫的班主任那里去道歉。我也踩着上课的铃声，回到了自己的教室，好像什么都没有发生一样开始上课。但是我的手依然热得一阵阵发麻。鸫的热度不可思议地残留在我的手上。它就像残留的电影画面一样，格外地鲜明，带着余韵，久久无法消失。我凝视着发麻的那只手掌，久久地思考着这个问题：鸫以发怒的形式，向人们彰示着“她的身体里拥有着怎样顽强的生命”。

“权五郎不见了，好像是被拐走了。”

恭一找鸫的电话中，声音明显的既沉重又焦急。我问他怎么了，他告诉我权五郎不见了。我的脑子里立刻闪现出那天在神社里见过的那帮对恭一怀恨在心的男孩儿。顿时一种不好的预感涌上来。

“你为什么会想到狗是被拐走了呢？”

我嘴里虽然这样问，心中却涌上一种焦灼的情绪。

“拴狗的绳子被整整齐齐地割断了。”

恭一刻意保持着镇静，说。

“知道了。我马上过去。鸫现在去医院了。我想办法转告她，然后马上过去。你现在在哪儿？”我说。

“在海滩入口处的电话亭。”

“那你就在那儿等着，我马上就去。”说完，我把电话挂断，拜托小姨转告鸫，又把在房间里睡觉的阳子拽起来，一边向外面跑一边向她说明了情况。恭一站在电话亭那里，看到我们后，脸上的表情好像稍稍放松了一些。但是眼神依然紧张。

“我们分头去找吧。”阳子说。看到恭一的样子，她好像一下子明白了事情的严重性。

“嗯，我去镇里找找，你们去海边找找。万一你们发现了拐走权五郎的那些家伙，也不要搭理他们，我马上就回来。”恭一说。“我听见权五郎叫声有些反常，觉得奇怪，就出去查看，但已经不在了。这帮混蛋。”说完，朝着通往镇里的小路跑走了。

我和阳子以位于沙滩的中心地带伸向海里的防波大堤为标记，左右分开去寻找权五郎。夜幕开始降临了，天空中出现了几颗星星。天色仿佛被蓝布遮盖住一样，一层一层地渐渐深暗下来。我们越来越焦急，我大声喊着权五郎的名字。奔跑着，从河边到桥上，再到松林中，一边奔跑，一边喊。但是听不到权五郎的叫声，我急得想哭。每次停下来大口喘气时，周围的黑暗就会加重一层，朦胧中大海更显得宽阔无际。如果权五郎真的被溺在水中，这么黑，我们也根本无法发现，一想到这里，我更是心急如焚。

回到正中央的防波大堤时，我和阳子已经累得气喘吁吁，汗流浃背。我俩一边说着再分头找一遍，一边站在伸向海里的大堤上大声喊着权五郎的名字。这时海滩和大海已经漆黑一片。那黑暗好像把我们小小的手脚也严严实实地包裹了起来似的。灯塔上的灯光，定时地一会儿转过来，一会儿又转向了海的那边。

“那，走吧……”我正说着，无意中看到海滩的那边，在深沉的夜色下，有一束像探照灯一样强烈的光线，孤独地越过小桥朝我们这边移过来。然后横穿过沙滩，那光束移动得很慢，却显得一步步很坚实。

“啊，是鸫吧。”波涛声中，我小声嘀咕道。

“嗯？”阳子转过头来，夜色的映衬下，只见阳子的长发被风吹得有些凌乱。

“那个，朝着这边走过来的光束，是不是鸫啊？”

“在哪儿？”阳子眯起眼睛盯着沙滩上那一点光亮。

“太远了，看不清啊。”

“肯定是鸫。”因为光束移动的路线是径直朝着我们这边来的，所以我觉得肯定就是她。我毫不犹豫地大声叫着：“鸫！”并在黑暗中拼命地挥手。

只见远处灯光朝着这边画了两个圈，真的是鸫！灯光慢慢地转过一个弯，朝这边移过来，当那束灯光来到大堤的拐角处时，我们终于看清了鸫那瘦小的身影。

鸫沉默不语地走过来，她脚步坚实，好像要把黑暗撕裂一样，一步一步地走了过来。从恍惚不定的灯光中，能看到她紧咬着嘴唇，脸色铁青。当看到她的眼睛的时候，我们知道鸫在发怒。只见她左手握着旅馆里最大的手电筒，右手抱着浑身湿漉漉地显得小了一圈似的权五郎，大概是被一只手抱着不舒服的缘故，权五郎在不断挣扎。

“找到了？”我高兴地跳起来，跑上前去。阳子的脸上也浮现出了笑容。

“在桥那边找到的。”鸫说。她把手电筒递给我，纤细的手臂重新把权五郎抱好。“它在那边的水里拼命游着。”

“我去叫恭一。”阳子说着就向海滩方向跑去。

“你去捡些木柴来，生火给狗烤烤。”鸫抱着权五郎命令我说。

“生篝火会挨骂的，干吗不回山本屋去，拿火炉来给它烤烤？”我说。

“有这么多水，根本没事的。就这样回去的话，我肯定会被妈妈骂的。”鸫说。“你照照我看看。”

我乖乖地拿起手电筒照了照鸫，只见她从腰部往下全都湿透了，水还在滴滴答答地落在水泥地上。

“掉在河里什么位置了？”我有些同情地问道。

“看看这个样子，不就知道是多深的地方了吗？笨蛋！”鸫说。

“明白了，我去捡木柴。”说完，我向海滩方向跑去。

一开始，受了惊吓的权五郎一直浑身发抖。过了一会儿才慢慢缓过劲来，开始在篝火周围走起来。

“这个家伙很喜欢火，因为在它很小的时候，我们家每次去郊游，肯定会带上它，所以它对篝火早已经习惯了。”恭一说。火光映照着他的脸，他的眼睛里流露出温柔的目光。

我和阳子并排蹲着，边听边点头。虽然篝火很小，但是在这样一个风有点儿大、有些凉的夜晚，它的热度适宜，光亮映照在黑暗的海面上，闪闪发光。

鸫站在那里一言不发。裙子终于稍稍烤干了一些，但是依然贴在沾满黑泥的腿上。鸫一直目不转睛地盯着篝火，不时地把我捡来的碎木板或被海水冲上岸的漂流木块之类扔到篝火里。

因为鸫眼睛特别大，加上这时的她皮肤发着惨白的光，吓得我始终不敢跟她说话。

“基本上已经干了，这个小家伙。”阳子捋着权五郎的毛说。

“这家伙，后天我就带它走。”恭一说。

“哎？恭一君这就要回去了吗？”我问道。鸫大吃一惊地抬起头来。

“不是，只是把狗送回去，再回来。出了这样的事情，不敢再放在旅馆了呀。”恭一说。

“为什么后天走呢？”阳子问。

“我父母外出旅游了，后天才能回来，家里没人。”恭一说。

“哎，你看是不是可以把权五郎放在我家后院，晚上和小小一起关进小狗屋。”阳子说：“那样的话，到后天为止，不就可以安心了吗？”

“嗯，那样好。”我表示赞同。

“嗯，如果能那样的话，就太好了。”恭一说。围坐在篝火旁的我们，心情一下子变得平和温暖起来。

“鸫，早上我去叫你一起遛狗。两只狗放在一起的话，就方便多了。”恭一抬头看着站在那里的鸫说。

“嗯。”鸫终于淡淡地露出了一丝笑容。在火光的映照下，微微露出来一点儿洁白的牙齿，长长的睫毛在脸颊上留下一弯阴影。她站在黑暗里，伸着一双像幼儿一样的小手烤着篝火。我觉得鸫还在生气，这是鸫有生以来第一次为自身以外的事情生气，那样子不知怎么竟给人一种神圣的感觉。

“下次再有这样的事，”鸫说，“即使是搬了家，我也会回来，杀了那些家伙！”

即使鸫的嘴里说出这样的话，她的双眸依然澄澈，表情依然平静，这种说话方式实在是太平常不过了。我们大家一下子不知怎样接她的话才好。顿时陷入沉默。

“嗯，就是，鸫。”过了一会儿恭一终于说道。

“鸫”这个字的声音从恭一口中发出后，又渐渐地被波涛声吞没了。夜深了，天空中繁星闪烁。我们一直没有和家里联系，但是谁也舍不得离去，于是，我们继续待在大堤的高处，谁也没有动。大家都特别喜欢权五郎，觉得它早已是我们中间不可或缺的一员。权五郎好像也明白了我们的心意似的，只见它喷着响鼻，一会儿把前爪依次放在大家的膝盖上，一会儿用舌头舔舔大家的脸，仿佛把自己刚才遇到的危险和恐怖都慢慢地忘记了似的。风大了起来，刮得篝火晃来晃去，几次都差点儿把火吹灭。这时鸫就像扔垃圾一样，漫不经心地把木柴扔到火里，让火烧得更旺。“噼噼啪啪”的燃烧声，合着波涛和风声，好像把黑暗吹到背后去了。海，一片漆黑，平稳的海面把海水一次次地送到岸边。

“你没出事，真是万幸啊。”阳子说，然后把趴在自己膝盖上动来动去的权五郎抱住，站了起来。长长的头发在背上随风飘舞着，凝视着海面说：“风凉了，秋天快到了。”

夏天就要结束了。

这让我们一下子都安静下来。我在心里默默地祈祷：就这样鸫的衣服最好永远也干不了，篝火也这样一直燃烧下去。

第二天，恭一在街上遇到了拐走权五郎的那伙人中的一个，他告诉我们，他把那个人拉到神社，狠狠地揍了一顿。虽然他也多处受伤，但是，鸫听了这个消息却特别高兴，我和阳子赶忙给恭一的伤口上了药。权五郎和小小一起乖乖地在院子里睡觉。

再有一天，权五郎就可以回家了。“再有一天”，我们觉得终于快要松一口气了。

但是，那天晚上，权五郎又被拐走了。那时我们都出去了，没在家。据政子小姨说，她听到狗的叫声后，马上跑出来查看，只见木门敞着，而权五郎却不见了。小小跳来跳去，把拴狗链弄得哗啦哗啦响，闹得很厉害。

这次我们快要哭出声来了，一起跑向海边寻找权五郎。四个人一直找到半夜，把海滨的犄角旮旯都找遍了，甚至开出小艇把海面找了一遍，又叫来朋友把小河以及镇子都找了个遍。

但是，幸运的事没有再发生，权五郎再也没有回来。

“在我搬离这儿之前，你肯定会回来的，对吗？”鸫的眼神里充满不安地看着恭一说。拼命忍着不让眼里的泪水流下来。那真是世上最悲伤的表情了。

恭一笑着说：“嗯，就两三天而已。”

没有了权五郎陪伴在身边的恭一，这时站在海边，就好像失去了一边儿的手和脚似的，给人一种失衡的感觉。然而，在这片陌生的土地上，他真的失去了像手脚一样的东西。

“也是啊，又不是小孩，还不至于离不开父母吧。”鸫说。

傍晚的海面在夕阳的照耀下金光闪闪。沿着海岸通往港口的大堤上，两个人一边说着话一边并肩走着。我和阳子走在他俩的后面，看着他们的背影。

我们这是一起去给恭一送行，阳子难过得都快要哭出来了，而我却懵懵懂懂，只是静静地感觉着秋风拂面。

下周，我也要回东京了。

眼前，耀眼的夕阳在西方的地平线上闪烁着光辉，毫不留恋地向着暮色的海中沉降下去，这光景今年已经看到过很多次了。

港口处，今天的最后一班渡船再有几分钟就要到了，等着乘船的人们熙熙攘攘。恭一把背包放在地上，坐了下来，并叫鸫坐在他的旁边。两个人并肩看着远方大海的背影，给人一种凄凉而又刚毅的感觉，就像等待着主人归来的狗一样。

眼前高高的海浪，闪着一重重的光，不容置疑地在宣告着秋天的到来。每当我看着这个季节的海时，总是会有一种想流泪的感觉，心中充满感伤。而今年这种痛苦更是超出想象的锥心彻骨。在这离别的时刻，连我也不由自主地一会儿按按太阳穴，一会儿把脚边的鱼饵踢到海里，强忍着不让眼泪流下来。

这时，鸫却纠缠个没完没了。

一会儿问："什么时候回来？"

一会儿说："如果有打电话的功夫，不如早一点儿坐上电车回来。"

鸫没完没了说着这些话的时候，就像个单纯得令人爱怜的孩子。她那透明的声音和着海浪声，竟变得格外美妙动人。

"别因为离开了，就把我忘了啊。"鸫又喃喃地说道。

海湾处，和往常一样，渡船掀起波涛，朝着这边开了过来。鸫站起来，恭一把背包背在肩上。

"那，再见了。"他看着我们说，"对了，玛丽亚也要走了吧。也许正好错过呢，不过一定找机会再见啊。等我家的饭店建好了，来住吧。"

"嗯，优惠一点儿啊。"说着。我主动和他握了握手。

“没问题。”夏日的朋友这样说着，用温热的手回握着。

“恭一，如果我们结了婚，就在饭店的庭院里养一群狗吧，建一个‘狗的宫殿’。”鸫天真地说。

“……我考虑考虑。”恭一苦笑着说，主动和快要哭出来的阳子握了握手，说：“谢谢你的关照。”

渡船把踏板搭到岸上，人们排起队一个一个地开始上船。

恭一看着鸫说：“再见，我很快就……”

这时，鸫突然说：“如果你要是和我握手的话，我就杀了你。”说完，扑上去抱住了恭一的脖子。

那是一瞬间发生的，鸫的眼泪喷涌而出，她连擦也不擦，把恭一向渡船那边推去。恭一一言不发地盯着鸫看了一会儿，然后追着队尾最后一个上了船。

渡船拉响汽笛，慢慢地启动着，向着视线模糊的海天交汇的方向驶去。站在甲板上的恭一，一直挥着手，直到看不见。鸫蹲在那里，也不向恭一挥手，只是看着渡船开走了。

“鸫。”当渡船已经无影无踪的时候，阳子才对着鸫轻声叫道。

“告别仪式到此结束。”鸫的脸上一副若无其事的表情，站起来说。

“只是因为狗死了，就非要回去不可吗？说到底，大家也不过只有十九岁而已。也就是说，这个夏天无非就是小孩子们在一起过了一个暑假罢了。”她好像并不是专门对谁在说，只是自言自语而已。可是她的话却和我正在思考的问题奇妙地吻合在了一起。

我赞同地点着头：“是啊。”

于是，就像电影里最后一个镜头似的，三个人默默地站在码头最前端，遥望着大海，看着被夕阳映红的天空。

已经过去五天了，恭一还没有回来。打来电话，鸫气愤地把电话挂掉。

有一天，我正在房间里写作业，阳子敲门进来了。

“有事吗？”我问。

“唉，鸫最近每天晚上都外出，你知道吗？”阳子说，“现在也不在。”

“是不是去散步了？”我说。

恭一走后，鸫的情绪一直不好，最近动不动就发火。本来我觉得她好可怜，想安慰安慰她，她却冲我乱发了一通脾气，我索性不理她了。

“可是小小在啊。”阳子说，一副很担心的样子。

“是吗？”我歪着头想。平时鸫的行动总是令人难以捉摸，但这次我却觉得能猜出点儿眉目。

“我找机会问问她。”听我这样说，阳子点了点头出去了。

为什么大家对鸫的本性都那么不了解呢？鸫故意装出一副好像已经服输了的样子，阳子和恭一竟然就相信了。她以高超的演技，让大家相信了她的悲伤早已压倒了憎恨。其实，鸫不可能眼睁睁地看着权五郎被人害死，她要报仇！显然她正是为这个才出门转悠的。就凭她那么孱弱的身体，真是个蠢家伙！那一瞬我忽然感到特别生气，但是并没有把我想的这些告诉阳子。

不久，听到隔壁房间里有了响动，好像是鸫回来了。接着，听到狗也汪汪地叫了起来。

我来到鸫的房间，一边打开拉门一边说："干吗呢？你怎么把小小带到房间里来了啊？被小姨看见肯定会……"说到这，我一下子愣住了，因为我看到了一只和权五郎一模一样的狗！明明知道，那不可能是已经死去了的权五郎，却让人在看到它的那一刹那目瞪口呆，它们简直是太像了！

"这、这是怎么回事？"我问。

"是借来的，很快就还回去。"鸫笑着说，"太想念权五郎了。"

"你就编吧。"说完，我在鸫的旁边坐下，用手抚摸着那只狗，脑子里却飞快地思考着。我预感到她要亲手作战了，这种感觉真是久违了。这个时候，如果猜不到鸫的心思的话，她是绝不会跟你透露半点儿的，她会一直沉默到底。

“我猜，你是想让那些家伙看到这只狗，对吧？”我说。

“猜对了。你到底还算聪明。”鸫笑了笑说，“自从你搬走后，周围净剩下一些不懂人心思的笨蛋，累死了。”

“您的心思，大概没有谁能懂。”我笑了。

鸫抱起小狗，说：“今晚的事，想听吗？”

“嗯，想听。”我向鸫的身边靠近了一些。无论过去了多少年，这种时候，我们依然像孩子一样分享着秘密，此时的心情就好像夜色渐深渐浓时一样，充满忐忑，狂跳不已。

“那些像小流氓一样的家伙，是怎样一个团伙，知道吗？最近我一直在调查，晚上总是不在家，对吧？”

“嗯。”

“其实也没什么。看上去好像都挺成熟的，其实就是一帮高中生。一群当地的小混混，经常在旁边那条街上的小吃店里聚集。”

“你去了？鸫？”

“嗯，今天晚上，不过我的手紧张得直发抖。”

鸫这样说着，把手伸出来给我看。虽然没有发抖，却小巧白皙。我异常仔细地盯看着那双手，继续听着鸫的讲述。

“我抱着这个家伙，上了小吃店的楼梯，小吃店在二楼。那些人虽然是一帮品行恶劣嚣张狂妄的家伙，但是他们还没有胆量自己亲自动手去杀那只狗，所以我想他们肯定是把权五郎扔进海里了，甚至可能坠上了石头什么的。但他们肯定都没有胆量亲眼去确认一下权五郎最后究竟是淹死了没有。”

一想到权五郎，现在依然会气得眼前发黑。

“我只是想让他们看到这个小家伙就够了。但是，如果他们人很多的话，那情况会很糟糕，如果被他们追上来就完了。所以在开门的那一刻，真的有点儿提心吊胆。不过，太棒了！我的运气真好，只有一个人坐在吧台前，而且正是我们见过的那个家伙。他看看我又看看狗。眼睛里流露出吃惊的表情，我狠狠地瞪了他一眼，迅速地转过身，用力关上门，跑下了楼梯。但是我想，如果逃的话肯定跑不过他，于是我索性躲在了楼梯下面。庆幸的是那个家伙只是打开门探出头来看了看，又把门关上了。那时，我紧张地双腿直抖，都快站不住了。”

“真是一次大冒险啊。”

“嗯，汗都下来了。”鸫得意扬扬地笑了。

“小时候，觉得像这样的危机感好像每天都有似的，现在是不是堕落了？”

“既不是堕落了，也不是别的，本来身体弱，就不要把自己的身体和胆子放在同一个水平去冒险。”我说。听了鸫的话，我稍稍有些放心了。

“睡觉。”鸫边往被窝里钻边说，“能帮我把这家伙拴在外边吗？如果和小小放在一起，说不定又会被拐走，就把它放在阳台下面吧。”

鸫看上去已经疲惫不堪，我点了点头，抱起狗走了出去。我把脸埋在小狗的头上，“有股权五郎的味道。”我不经意地脱口而出。鸫轻声说道：“是啊。”

房间里很暗，我正沉睡在梦乡。

梦中仿佛听到从远处什么地方传来了响动，我翻了一个身，把脸朝向了门的方向，那声音伴着抽抽搭搭的哭声，“咯噔、咯噔”地一步一步沿着楼梯上来了。

那种在黑暗中产生的恐怖和非现实感，让我一下子清醒过来。

当意识变得清醒后，更觉得那声音正朝着这里走来，越来越近。我就像是做了个噩梦，突然醒来的瞬间不知自己在哪里一样。过了一会儿，我的眼睛慢慢地适应了，才终于隐约看到了自己裸露在白色被子外面的手和脚。

接着是拉门被打开的声音。

是鸫的房间。我急急忙忙地站了起来，这次我是彻底地醒来了。只听到有人叫“鸫”。

是阳子的声音。我走出自己的房间，在黑暗的走廊里看到鸫的房间门开着，阳子站在里面。

鸫的房间被月光照得很亮，只见鸫坐在床上，睁得大大的眼睛在黑暗中闪着明亮的光。在她的眼前，阳子浑身是泥，有些颤抖地哭着盯视着鸫。从鸫的表情上看，她好像被那一下一下的抽泣声吓住了。呆在那里一动也不敢动。

“阳子，到底是……？”我问。

是不是又被那帮小混混欺负了？我马上想象到那恐怖的情景。但是，阳子用一种很平静的语调说道：“鸫，你知道我去干什么了吗？”

鸫沉默着，慢慢地点了点头。

“你怎么能做那样的事。”阳子说着，用脏手抹了一下脸。一边抽泣着一边说：“那样做会死掉的，你知道吗？”

我根本不知道她们在说什么。只是看着两个姐妹就这样对视着，竟然谁也没去开灯。鸫突然垂下眼帘，这表情也不知是不是跟恭一学的。只见她从枕头下面拽出一条干净毛巾，递给阳子。

“……对不起。”

能让鸫道歉的事，肯定小不了！我暗暗吃惊。阳子轻轻地点了点头，接过毛巾，擦着眼泪走出了房间。看到鸫一下子钻回了被窝，我站在那里不知如何是好，便朝着正在下楼的阳子追了过去。

“出什么事了？”我向阳子询问的声音在黑暗的走廊里发出很大的回响，吓了自己一跳，于是赶快把声音放低。

“没事吧？”

“嗯，没事。”阳子说着，笑了……黑暗中虽然看不到，但是那暖人的感觉却穿过黑暗传递给了我。她接着反问我：“那个小狗，你知道鸫是用来干什么的吗？”

“啊？我刚才把它拴在阳台下面了啊。”

“玛丽亚，你上当了。”阳子说到这里，忍不住扑哧一声笑了出来。

“我终于知道了，鸫每天半夜三更都去干什

么了。”

“不是去调查了吗？”说完，我忽然意识到，如果鸫做这件事的话，给临街那家小吃店打个电话就可以了解情况的呀。

“她挖陷阱去了。”阳子说。

“啊？”我的声音又高了起来。阳子听了，只好把我带到了她自己的房间。

来到明亮的房间里，想着刚才在黑暗里发生的一些事，让人竟然像是在做梦一样。只见阳子浑身上下都是泥。我让她快去洗个澡，阳子说不急，接着告诉我说“我去冒险了”。然后，给我讲了一个关于“陷阱”的事。

“一个好大的陷阱啊！特别深。”

“也不知她是怎么挖的？土都运到哪儿去了？毫无疑问，她是趁着大家都睡着的时候干的，到了早上再用结实的木板盖上，上面铺上土掩饰起来……”

“我当时睡得很沉，但不知道为什么突然醒了过来，竖起耳朵仔细听，隐隐约约觉得好像听到有个人在呻吟，特别恐怖，也不知是不是听错了……总觉得那声音来自后院。于是，我下楼去查看。有时，人们对于那种充满刺激性的冒险，总想去试一试，对吧。打开家里的后门……外面漆黑一片，我用手摸索着走了出去，怎么听都觉得不是咱们家这边，而是后面那家院子里，拴小小的那个方位。我想万一是强盗进来了，把我绑走怎么办？但是并没有听到小小的叫声……不管怎样，先看看小小再说。于是我打开院门走过去查看。走进院子的一瞬，喏，你知道，在黑暗中人对味道会变得特别敏感，对吧？那里有一股比平时浓重得多的新鲜泥土的气味。我停下来侧耳细听，又听到了那个呻吟声……那声音是从地下传来的，我想不会听错了吧，于是把耳朵贴在地面上，确认了好几次。当眼睛慢慢地适应了黑暗后，我仔细一看，发现小小的旁边怎么多了权五郎？我吓了一跳，以为自己不知不觉中闯进了一个虚幻的地方。但是再仔细看，就发现那只狗和权五郎的毛色还是有些微妙的差别。两只狗的嘴都被封住了。我不知道该怎么办才好？也不知道到底发生了什么？我转身回屋去拿了手电筒，然后向地面照去。这时我才发现，在狗屋的正前面，那里的土和其他地方的不一样。我拿来一把铁锹，不顾一切地想挖开土看看，很快就出现了一个很厚的木板，我用锹把敲了敲木板，就听到木板下传来了回应的呻吟声……于是，我用上了吃奶的力气，拼命把木板挪开，用手电筒往下面照去，眼前是一个又窄又深的大坑，坑里面有个男的！你知道当时那个场面有多恐怖吗？他的嘴被胶带纸封住了，额头上渗着血，两只沾满泥的手拼命向上举着。当我看清楚他就是拐走了权五郎的那伙人中的一个时，脑子里马上浮现出了鸫的身影。我知道这肯定是鸫干的。我想把他拉上来，却很困难，手是够到了，但是拉了几次却都滑脱了下去。你可以想象那坑有多深吧。我也弄得浑身是泥，才终于把他拉了上来，撕下他嘴上的胶带纸，再仔细看时，才发现他也只不过还是个孩子，一个高中生而已。这时，他一副快要哭出来的表情，可是我们两个人都已经累得筋疲力尽，连话都说不出来了，只是瘫软地坐在那里。当然，我们之间本来也没有什么话好说。我脑子里想的全是鸫，从她很小的时候开始，想着想着禁不住悲从中来，看着黑暗的庭院中鸫挖的那个深深的大坑，眼泪止不住地流下来。在我呆呆地坐在那里，不知如何是好的时候，那个男孩儿一瘸一拐地走出了院门。我想这个大坑不能就这样露着呀，于是，又把那个厚木板挪回去，上面掩盖上了土……然后就回来了。”

讲完后，阳子拿着替换的衣服去了楼下的浴池。我的脑子里被今晚发生的各种事情塞得满满的，恍恍惚惚地回到了自己的房间。经过鸫的房间门前时，我犹豫着要不要进去，想了想还是算了。

我想也许她对今晚做的这一切后悔了，说不定正在哭呢。

鸫从来不是个草率行事的人，今晚的事，她该是耗费了怎样的苦心啊。想想都觉得头晕目眩。

为了不被人看见，鸫必须每天半夜三更起来挖坑，挖出来的土还得悄悄地运出去扔掉。何况她是在别人家的院子里，就更得谨小慎微，以免被人家发现。同时，她还得满世界转悠着去找一条和权五郎相似的狗。那狗也不知是她说了多少好话借来的，也说不定是买来的。然后那天晚上先向我讲了去小吃店的冒险，骗过了我。为了消除我的疑心，她又让我把狗拴在了阳台下面。因为她知道数我对她疑心最重，直觉最准确。我睡下后，她又去了后院，为了防止狗冲着入侵者叫，她把狗的嘴封了起来。把那块为了防止其他人掉进去的厚木板移开，换上纸板或其他什么，把它变成一个真正的陷阱。如果他们来的人很多的话，鸫的计划大概也实现不了。所以，她的计划本来就是瞄准他们只有一个人的时候制订的吧，她大概就是为了寻找这个机会才去了小吃店的，她很幸运地遇到了那个家伙。虽然不知道那个家伙那天晚上会不会上钩，她却都要在那里等着他，鸫大概是豁出去了。于是终于等来了，而且正好是他一个人。他可能只是想来确认一下本来已经被他们弄死了的权五郎怎么还会活着？鸫瞄准机会从后面接近他，用什么东西击中他的后脑勺，在他大吃一惊还没有反应过来的时候，用胶带纸封住了他的嘴，然后把他推下大坑，重新用木板盖上，掩上土，再回到房间。

——这可能吗？我自己都不敢相信，但是，鸫却的的确确地做了。除了后来被阳子发现这一点不在她的计划之内以外，所有的一切都如她所愿地做到了。不知道她那缜密的计划、执着的能量，是从哪里来的？想达到什么目的？我真是一点儿也不知道。

我无法入睡，躺在被子里一直在思考这件事。快到黎明的时候，东边的天空泛起朦朦胧胧的白光，那光亮微弱得甚至让人怀疑是不是错觉。我索性爬起来想眺望一下窗外的大海，可是白天在眼前奔腾的大海，此时，那里却仿佛突然缺了一块似的，依然是一片黑暗。这景象渐渐地印入我那睡意蒙眬的脑子里。我终于意识到："鸫，她是把命都豁出去了。"

想到这，在震惊的同时，我知道其实阳子对此也早已心知肚明了。与其说是为了恭一，为了将来，不如说，是鸫自己想这样做。鸫，她是想杀人！那是远远超过了自己体力极限的"工程"，她深信，和自己那只死去的心爱的狗相比，对方的死实在算不了什么。

我的脑海里又浮现出昨天晚上她向我讲述冒险时，那异乎寻常的兴奋样子。鸫一点儿也没有变。和恭一的恋爱也好，和我们一起成长的岁月也好，我离开这里后，她重新开始的每一天也好，小小也好，所有这一切都没有让鸫的内心发生任何改变。鸫还是和她小时候一样，一丝不变地在一个人的独立思考中生活着。

……想到这，我的脑海里又浮现出鸫抱着那只和权五郎长得一模一样的狗时，脸上那明朗温暖的笑容。那画面没有一丝污垢，是那样的鲜明耀眼。

身　影

“我怎么可能真的要杀他呢？只不过是想给他点儿厉害看看，吓唬吓唬他而已。没想到你们这么大惊小怪的，真是一帮胆小鬼。”

本来，我们以为很快就会看到鸫眼里带着这种不屑的眼神，数落嘲笑我和阳子的场面了。

但是，鸫却住进了医院。高烧、肾功能低下、因过度劳累引起的体力衰竭等等。总之各种症状随着“工程”的结束，一下子从鸫的身体里喷涌出来，很快就把鸫击倒了。

谁做了那样的事不得像她这样倒下啊！我一肚子怨愤，却只能气哼哼地目送着鸫上了出租车。

“混蛋！我马上就要走了啊。”我心里暗骂。

看着满脸通红皱着眉头、痛苦不堪、一副倦意的鸫，我心里真是又痛又恨。

本来还想和你多聊聊呢，还以为在走之前还能和你一起再去遛一次狗，还以为你能来码头送别呢。

这些无法实现的事，一桩桩一件件竟让我悲从中来。政子小姨在和鸫一起上出租车时，仿佛是自言自语似的说："真混啊！这个鸫。"

那一瞬，我愣了一下。但是当拿着毛巾和换洗衣服的政子小姨抬头看我时，那微笑着的眼睛里流露出来的表情分明是"哎呀，真了不起啊"。

我也回以微笑，向她们挥了挥手。出租车在秋阳里驶远了。

恭一是在鸫住院后的第二天回来的。

当晚我被他叫出来，和他在海边见了面。

"你去医院看她了吗？"

我不知道怎样切入话题，只好这样问。当我们来到黑沉沉波涛汹涌的海边，刚站在那里不久，强风挟着豆大的雨点儿就砸了下来。远处渔船上的灯光在雨中变得模糊起来。

“嗯，去了，但是看她那么痛苦，就没有多待，也没怎么说话。”恭一说。他蜷腿坐在护堤的水泥墩上，凝视着黑暗中的大海，抱在双膝前的两只手显得又白又大。

“那丫头，肯定做了什么吧？”恭一说，“但是，因为那丫头特别会装出一副若无其事的样子，反倒让怀疑她的人觉得是自己做错了什么似的。”

我笑了，然后给他讲了“陷阱”的故事，就是阳子流着泪向我讲的那些。

恭一听着，始终没有说一句话。我的声音和着浪涛声、夜色、海风以及打在脸上的冰凉的雨点，这一切突然让鸫的身影鲜明地浮现在我的眼前。就像大海上闪闪烁烁的渔船灯光一样，我越是把鸫的行动用语言叙述出来，就越是觉得鸫的生命之光是如此强烈地闪烁在眼前。

“除了她，没有谁能完成那样的杰作。”恭一听完后，忍不住笑着说，“陷阱，也不知道她是怎么想的。”

“就是啊。”我也笑了。那个时候，只顾着替阳子难过了，心情也随之或不安或亢奋，没顾上多想别的。现在想来，那种难以形容的义无反顾的气魄，以及诡计多端的手段，实在是太符合鸫的个性了。所以觉得有些可笑。

“我吧，每当想到那个丫头的时候，不知不觉中总是会联想到某些重大的事物。”恭一突然像告白一样说道：“很多事，想着想着就会触碰到那些巨大无比的事物，什么人生啊、死啊之类。其实，这并不是因为那个丫头身体不好的关系。不知怎么，当你注视着她的眼睛，旁观她那种生活态度的时候，不由得就会升起一种严肃的气氛来。”

我理解他的感觉，对他的看法也感同身受。那感觉仿佛有一股暖流，使我渐渐变得有些寒冷的身体一下子温暖起来。

鸫，只要她在那儿，就能让我们和一些重大的东西联系起来。

黑暗中，我又一次确认着这一点。然后对恭一说："这个暑假真的好开心。好像一转眼就过去了，可是，有时又觉得挺漫长的，真是不可思议。有恭一在，真是太好了，鸫肯定从来没有过这么快乐的暑假。"

"那丫头，没事吧？"恭一说，我重重地点了点头。巨大的波涛声和风声，使脚下有种恍恍惚惚要被拽走的感觉。我注视着夜空中闪烁的星星，仿佛在数着它们有多少。

"别担心，住院对她来说是常有的事。"我的声音淹没在黑暗中。恭一凝视着大海，人好像要被大风刮走了一样，眼睛里充满了哀伤。我还从来没有见过他这样不安和孤寂的眼神。

鸫将从这个小镇搬走，他们俩刚刚萌芽的爱情也将要迎来一个未知的新局面。

是啊，这些难以言说的纠结，恭一大概只能默默地装在心里吧。就在前不久，两个人带着狗在海滩散步的光景，仿佛依然伸手可触似的近在眼前，令人难忘。这个画面随着一个个流逝的平常日子，早已在不知不觉间和海滨的自然景色融为一体了。

它将作为一幅最完美的画面，永远保留在我的心中。

又过了很长时间，直到头发都被淋湿了，我们两个人谁也没动，只是静静地站着在那里，不约而同地注视着海的远方，仿佛都能读懂对方一样，谁也没有再说一句话。

回东京的前一天，我去医院看望鸫。

可能是政子小姨觉得鸫的言谈举止总是旁若无人、毫无顾忌的缘故吧，所以她要了一个单人病房。我敲了敲门，没有听到动静，便悄悄地打开了门。

鸫正在睡觉。

朦胧的光线下，她那白皙透明的肤色依然没变，只是看上去仿佛瘦了许多。紧闭的双眼上长长的睫毛，枕头边散开的头发，简直就像真的沉睡的公主一样清秀美丽。我看着她，竟感到害怕起来，仿佛我认识的那个鸫消失了似的。

“起来吧。”我说着，拍了拍她的脸。

“嗯”的一声，鸫睁开了眼睛。像宝石一样大大的眼睛注视着我。

“干吗呀？人家正睡呢。”鸫用手揉了揉眼睛，鼻音浓重地说。

我放心地笑了，说：“我是来向你告别的，马上就要走了。再见，快点儿好起来啊。”

“说什么呢？你这个无情无义的家伙！”鸫说。那声音好像是拼了命才终于发出来似的，听着让人难受。她可能连坐起来的力气都没有吧，就那样躺在病床上拿眼睛斜瞪着我。

“是你不好，不是吗？自作自受！”我笑着说。

“就算是吧。”鸫轻轻地笑了笑，然后又说，“那个，我只对你说啊，我可能不行了，肯定要死了。”

我的心一下子揪得紧紧的，慌忙坐到病床边的椅子上，尽量靠鸫近一些。

“胡说什么啊？”我有点儿生气地说，“这不是恢复得不错吗？难道和过去有什么不一样吗？让你住院，主要是怕你快要好时又去做那些乱七八糟的事，所以才把你关在医院里，好让医生看着你。就像关精神病院一样，和生死有什么关系啊。你搞搞清楚好不好！”

“不对。”鸫一脸严肃地说。眼神流露出从未有过的认真和幽暗。

“你应该知道的，其实人的生和死并不是像你说的那样。我已经没劲活了，一点儿也没有了。”

“鸫？”我说。

“至今为止，这样的感觉真的从来没有过。”鸫说，声音轻细。

“过去不管什么时候，都从来没有像现在这样，无论对什么都不关心了。好像有什么东西从我的身体里溜走了。以前，关于死啊什么的，从来没有想过。但是，现在觉得很害怕，我也想让自己努力活下去，可是不知怎么，除了烦，一点气力也没有。总觉得，如果就这样下去，身体不能恢复的话，肯定是死。现在，在我身体里，激情之类的东西早就没了。这样的事还从来没有过，甚至连憎恨也没有了，自己好像真的成了一个整天睡在病床上的小女孩。我现在终于知道了一个人看着树叶一片片坠落，从心底里感到恐惧的那种感觉了。然后，周围的人开始把逐渐衰弱的我当做茶余饭后的闲聊资本，最后渐渐把我忘记。一想到这些，我都要发疯了。”

“可是……”我不知说什么好。鸫说话的口气非常认真，这让我感到惊讶。因为，鸫过去好像从来没有被这种恐惧绝望之感纠结过，她的傲慢也让我张口结舌。她是担心搬家后失恋呢？还是阳子说她的话触动了她呢？的确，正像她自己说的那样，以前不管什么时候，不管发烧烧得有多高，鸫的身上都依然会散发出强大的能量，而现在那种能量好像消失不见了。

“能说这么多，证明你没事。”我冲着不安地看着天空的鸫说。

“如果是那样就好了。”鸫看着我说。那双从小到大不知被我窥视了几千回几万回的、水晶珠一样清澈晶莹的眼睛里，没有丝毫虚假的影子，有的只是从未改变过的深邃目光。

“本来就是嘛。”我说。

令我感到震惊的是，我们一般人都少不了的烦恼，鸫现在却是第一次体会到。我想，如果没有了精气神的支撑，鸫说不定真的会死呢。但我不想让鸫察觉到我的心思。于是，我站起来说：“那，我走了。”

“什么？你说什么？简直难以置信！”鸫大声喊着。

我想像男孩们那样潇洒地告别，于是我快步向门口走去，只是在跨出门的那一刻回头说了声：“再见。”然后转身就走。“混蛋！讨厌的家伙！亏你做得出来！说不定这是永别啊！难道学校比我还重要吗？冷血！无情的家伙！所以没有男孩儿喜欢你！”等等等等。就像背景音乐一样一直伴随我来到走廊。

走出医院，外面天已经完全黑下来了。

微带凉意的晚风中，能感觉到有一股潮汐的味道。在这个半岛上的小镇，好像四周都被海水包覆起来了似的。走在夜晚的小路上，有些想哭的感觉。

第二天早上。阳光如盛夏时那样灿烂耀眼，又是一个大晴天。但是，那过于透明的光线，依然让人感觉到了一些秋意。

政子小姨给我做的早餐，那整个餐桌酿造出来的氛围，包括餐桌上每天必有的海鲜——是小姨一大早从早市上买回来的。这一切都让我那么难舍难忘。我们一边吃一边说笑着。

“这个鸫啊，真是没办法，玛丽亚走，她也不能去送你了。”

政子小姨爽朗地笑着，说这些话时的语气，就像平时说“阳子，要加饭吗？”一样。于是，在晨光中，我又一次告诉自己：鸫真的没事。接着，政子小姨又说：“帮我把这些带给姐姐。”

说着，把一些海带酱和一捆捆腌制的咸菜装了满满一保鲜盒，然后用白布手巾包好，紧紧地打了一个结。一想到政子小姨做这些时那双灵巧的手，就禁不住让我深深怀念。

我出门的时候，小姨和姨父两个人站在门口送我。阳子说要送我到公共汽车站，所以去取来了自行车。我跟小小告别后，对着小姨和姨父说："谢谢你们对我的照顾。"

"以后也来山上的度假屋吧。"姨父笑着说。

小姨说："这个夏天过得真开心啊。"

在明晃晃的阳光中走出山本屋旅馆时，觉得不过是一件那么平常简单的事，就好像我们平时出门去买可乐一样。一旦再回过头来看时，已经走出很远了。那回头一瞥，正好看到小姨夫妇俩转身进屋的背影。

我和阳子并肩走着。

阳光从正面照射过来，令人不由得眯缝起眼睛，身材矮小的阳子走在我身边，秀发随着步幅在肩上飘来飘去。这一切都像电影中的画面一样，深深地触动着我的心。通往公共汽车站的小路两旁，一家家古老的旅馆，随处可见的牵牛花，花色已经开始枯萎。我的记忆就这样被封存在海边小镇这个特有的干爽的日子里了。

我们坐在公共汽车站售票处前的水泥台阶上吃冰棍儿。

和阳子我们俩在夏天里吃过的冰棍儿，几乎数也数不过来。从开始懂事起，我们就经常一起拿着大人给的零钱去买冰棍儿，鸫总是毫不客气地从阳子手中抢走冰棍儿，然后一口吃光，气得阳子只会哭。

一阵感伤尖锐地刺痛我的心。就好像阳光刺得人眼前发黑，让人觉得这些人们、这个镇子，乃至整个世界仿佛全都消失了一样。

阳子用手在眼前遮挡住阳光，抬起头看着天说：“这大概是今年吃的最后一支冰棍儿了吧。”

“不可能，肯定还有机会再吃的。”我笑着说。

“不知怎么，人好像一下子泄了气一样。不知道是不是因为下个月就要搬家的缘故……”阳子说，

“总觉得那不是真的，肯定只有到了走的那天，才会接受吧……”

阳子微笑着看着我，神情沉静。仿佛下了决心今天绝对不哭似的。

“表姐妹一辈子都是表姐妹啊。”我说。

“就是嘛，姐妹也一辈子都是姐妹。”阳子咯咯地笑了。

“鸫，最近有点儿奇怪。不知是不想搬家呢，还是前一段时间挖那个陷阱把体力精力都用尽了的缘故呢？”我说，一半是试探的语气。

“……嗯……怎么说呢。没错，最近的确是有些不一样。好像是对什么事情想不通似的。虽然在恭一面前依然和从前一样，可是，我不是去医院看她吗？有一回敲了门没有听到应声，可当我悄悄地打开门时，鸫一副被吓了一跳的样子，正慌慌张张地往被子里藏什么东西。我问她干吗呢，让她好好休息。但是当我出去打开水的时候，她又拿出来写起来。”

“写东西?”我感到吃惊。

“是啊，好像是在写什么。如果再那样玩命的话，就怕是能治好的病也治不好了。……简直不知道她到底在想些什么。”

“还发烧吗?”

“嗯，每天一到晚上就发烧，到了早上就退下来。就这样反反复复的。”

“她在写什么呢? 诗还是小说呢?”

鸫和“写作”这件事实在是很难联系在一起，我百思不得其解。

“鸫想的事情，只有天知道。”阳子莞尔一笑。

她那优雅的举止、宽厚温柔善良的性格，我想我是永远也忘不掉的。和鸫一样，阳子那淡淡的身影也同样鲜明生动地扎根在我心里了。今后不管我在哪里，无论我变成什么样。

“今天怎么这么热啊。好像盛夏一样。”阳子说着又抬头朝天空望去。我看到她那圆润的下巴。很奇怪，这时我也不知道怎么了，所有的一切我都想好好看看，就像透过聚焦镜头一样，把自己周围这个渔村所有的一切，静静地深深地好好看看。

公共汽车静静地开了过来。

一直到上车为止，内心里始终有一种不知从何而来的感伤，尽管正午的阳光灿烂耀眼，这感伤却久久挥之不去。

——如果鸫在这里的话，如果她那强烈的气场可以把一切阴郁都驱散。如果她能对着我和阳子那凄苦的脸嘲笑一番，然后咯咯地笑个不停……

透过车窗一直看着轻轻挥手的阳子渐渐远去，我知道了：原来我期待的就是鸫能在这里啊。

东京正下着雨。

到站下了车，不知道是天气的原因，还是因为冷，或者是因为人太多的缘故，不知怎么，眼前所有的一切都仿佛漂浮起来了似的。

肯定是心境的原因吧。

说起来是回家了，但是所有的一切都好像是梦中的景色一样，显得那么遥远。尽情地呼吸了一个月的海风，尽情地疯玩了一个月，整个人是那样的精气神十足。

我走出检票口，注视着烟雨中灰色的街道，脑子里突然无缘无故地蹦出一个闪念："我真正的人生将从现在开始。"

我拎着巨大的行李包，在人群中跌跌撞撞地下了台阶。看到妈妈站在那里。

"哎？妈妈。"我惊喜地跑了过去。妈妈拎着购物篮，冲我微笑着。

"出来买东西，顺便来接你。你没带伞吧？"

"嗯。"

"一起回去吧。"

并肩走在回家的路上时，我意识到，妈妈的存在把我一步步推回到了现实中。

"玩得好吗？"

"嗯。"

"你晒得可真黑啊，玛丽亚。"

“嗯，每天都是艳阳高照嘛。”

“听说鸫交了个男朋友？你爸爸觉得特别意外呢。”

“对，对。这个夏天总在一起玩，就好上了。”

“听说鸫还住在医院里？本来有好长时间都没有发病了啊。”

“好像是夏天玩得太过了。”

雨中，我们共同打着一把伞，妈妈的声音听起来很轻很静。通往家的方向有一条商店街，走过那里时，我又一次感觉到了这个夏天的炎热。于是，我是那么地想念鸫，那种思念从未有过的强烈。

想念恋爱中鸫那生动的笑容。

“你爸爸一直在等你回来。今天知道你回来，说不定会提前下班呢。玛丽亚不在的这段时间，我也觉得特没意思。今天买的都是你喜欢吃的，回头做给你吃。”母亲笑着说。

“嗯，太好了，我已经很久没有吃家里您做的饭了。而且还有好多话想跟您说呢。”我说。

但是关于陷阱的事大概不会告诉妈妈吧。夜晚站在海边的恭一对鸫是怎样的爱恋，阳子的眼泪有着多重的分量，这些都是我心中难以言说的珍宝。

就这样，我的夏季宣告结束了。

鸫的来信

回到东京后的一段时间，我总是恍恍惚惚的。

大学里，像我这样犯了“暑期懒散后遗症”的大有人在。我们几个同班同学还开了一阵子玩笑说，我们现在就像是在玩“上学游戏”一样。即使这样，当大家聚在一起聊起暑期的事时，我还是觉得自己过的这个暑假和大家不一样。

我的确是去了一个不一样的世界。

鸫身上散发出来的强烈的能量、夏季海边强烈的阳光……所有的这一切都重合在一起，组成了一个从未见过的空间。就像士兵在临死前梦到的故乡那样栩栩如生，比现实中的世界更强烈鲜明。可是这些，在九月已经柔和下来的阳光下，连影子都没有在身边留下。当被人问起时，我也只能回答："嗯，回老家去了，一直住在当地一个亲戚家的旅馆里。"除此之外，不知道还能说什么。对于我来说，这个夏天是所有往昔那些令人怀念的东西浓缩而成的精华。……每当这时，我总是觉得，鸫肯定也是这样想的吧。

有一天，父亲的腿摔折了。

据说那天他在公司的仓库里，踩着梯子从资料架的顶层拿资料，结果抱着重重的资料从梯子上摔了下来。我和母亲急急忙忙地跑到医院时，只见父亲正躺在病床上冲我们不好意思地笑着。说起来，父亲这个人对于精神上的痛苦好像忍受力极差，而对于肉体上的痛苦却有着很强的忍耐力。

看到父亲还好，我和母亲放了心。医生说需要住两三天医院，于是，我和母亲回到家，母亲拿了父亲的换洗衣服，又去了医院。我一个人留在家里。

电话铃在这个时候响了起来。

我的直觉告诉我这个电话肯定不是好消息。眼前立刻浮现出父亲的脸庞。我慢慢地拿起了话筒。

“喂，喂。”

没想到，打来电话的是阳子。

“姨妈和姨父在吗？”

“不在，父亲的腿摔骨折了，住在医院。真是要命。”我笑着说。可是阳子却没有笑。只听到她说：“鸫的情况，不太好。”

我一时不知说什么好。想起来去医院看望鸫时，她硬说自己肯定要死了时那苍白的侧脸。是的，鸫的预感从来都很准。

“你是说鸫的情况不好？”我终于开口问道。

“本来医生说大概不要紧了。但是昨天开始她已经完全没有意识了。烧得也很高，好像突然间情况恶化了……”

“让探视吗？”

“今天还不行。不过我和母亲一直都在医院。”

阳子的声音平静，显然她也不太相信这会是

真的。

“我知道了，明天一早我就过去。不管情况怎样，可以替换一下你们。”我像发誓一样沉着地大声说道，内心里却忐忑不安。

“通知恭一了吗？”

“联系了，他说马上赶来。”

“阳子。”我说道，“如果有什么变化，请马上打电话给我。即使是半夜也没关系。”

“嗯，知道了。”

然后我们挂了电话。

母亲回来后，我告诉了她鸫的情况后，她说，明天先不管父亲了，和我一起去看鸫。于是，我们俩准备了明天过去时需要带的东西。

我把电话拉到自己的房间，放在枕边。这样万一电话响，即使我睡着了也能听到……睡眠很浅，只有夜越来越深。似睡非睡，断断续续地做了许多梦。一晚上自始至终都意识到电话的存在。它就像一个生了锈的铁块一样，冷冰冰地给人一种不好的感觉。

梦里出现的总是阳子和鸫。在那些断断续续令人焦灼不安的画面中，每当我看到鸫，就会有一种神圣的、甜蜜的感觉。鸫仍然和平时一样绷着个脸，或者在海边，或者在山本屋旅馆，一副盛气凌人的样子在说着什么。我心怀忐忑地和鸫站在一起，一如往日地和鸫在一起。

早晨的太阳直直地照在我紧闭着的双眼上，我伸了个懒腰，然后起床。电话一直没有响。“也不知鸫现在怎么样了？”我一边想着一边拉开窗帘。

一个美丽的早晨。

秋天真的来了。一望无际的天空如青瓷一样澄澈淡丽。树林在秋风中缓缓地摇曳，所有的一切都满溢着浓浓的秋意，呈现出一个寂静透明的世界。我好像已经很久没有见过清晨这令人眩晕的美景了，忍不住呆呆地看了好一会儿。它是那样清晰地印刻在我的心上，甚至让我感动。

虽然不知道鸫现在怎么样了，但是不管怎样，我想首先还是先去看看再说。当我和母亲正吃着早饭时，电话来了。

是政子小姨。

“怎么样了？”政子小姨好像早就知道了我要问什么似的，学着我的口气说。然后，自己也不好意思地笑了。

“不要紧了吗？”我问道。

“怎么说呢，就好像什么也没发生过似的，一下子就好了。反倒显得我们太大惊小怪了。”小姨说。

“啊？真的吗？”我浑身的力气好像一下子被抽走了一样。

“从昨天傍晚开始，一下子变得严重起来。因为好久没有出现这种情况了，所以一下子慌了神。医生也说情况不好，拼了全力抢救。他们也惊讶这个孩子生命力这么强。那时曾经都觉得可能不行了，没想到今天早上竟好了，简直不敢相信。现在正睡得香呢……过去鸫的身体也总是病况不断，但是像这次这样还从来没有过。今后或许还会出现这样超出预想范围的事，但这次总算是……”政子小姨说。她好像已经做好了最坏的思想准备，但是声音听起来却依然明快爽朗。

“对不起，闹得你们也跟着担心。如果有什么事，我肯定会立刻叫你们过来帮忙的，今天玛丽亚就别来了，好好休息吧。实在对不起，让你们担心了。”

“嗯，没事就好。”我说。绷紧的心弦突然放松下来，血液也仿佛同时又能畅通地流动了似的，暖暖地涌入心中。我把电话交给母亲，回到自己的房间，回到床上，盖上被子。在晨光中闭上眼睛，满心欢喜地听着母亲说话的声音渐渐变远，很快就睡着了。

这一觉睡得是那么深沉，那么香甜。

几天后的一个中午，我接到了鸫打来的电话。

“嘿。”我刚一接起电话，鸫的声音就冲进了耳鼓。“嘿，猪八戒。”

耳边响起的这尖亮的声音是那样的熟悉，那样的令人怀念，突然间我不用想就一下子明白了——我不能失去这个声音！我听到话筒的另一端响起了好像是扩音器里在喊人名字的声音。还有小孩儿的哭声。

“怎么？你在医院吗？身体没事了吗？”我说。

“已经没事了，我是在医院啊。这样看来你还没收到信。怎么会有这样的事呢？”

鸫开始语焉不详地叨唠起来。

“那个笨蛋护士，肯定是把地址听错了，真是个没用的家伙。”

“你说什么呢？鸫。”是不是高烧把她的脑子烧坏了？我这样想着问道。鸫沉默，也不回答我的问话。在她那长时间的沉默里，我的脑海里浮现出鸫的身影。那是至今为止在各种场景下看到的鸫的一个统合映像——那飘逸的长发、那像是在燃烧一样闪烁的双眸、纤细的手腕。赤着双脚走路时的脚腕的线条、欢笑时洁白的牙齿、眉头紧锁时的样子……她视线中的大海、海滨那闪烁着一波一波涌上沙滩的海水。

“本来吧，我都快死了。”鸫突然清晰地说道。

“说什么呢？你能够这样活蹦乱跳地走到医院的大厅。哪有资格说自己要死了呢？”我笑着说。

“笨蛋！真的差点儿死了。意识一下子飘得好远，我看到了一个巨大的光环，想去那里，可是当我走近那里时，死去的妈妈说：‘你不能来！’”

“净胡说！你哪里来的死去的妈妈啊？”

鸫已经好久没有这么精神了。这让我特别欣慰。

“……刚才的话的确是瞎编的，但是，我真的曾经一度很危险。一天比一天衰弱，我真的以为这次不行了呢。”鸫说，“所以我给你写了一封信。”

“信？给我？”我惊讶得几乎叫起来。

“是啊，后来觉得挺别扭的，我这不是还活着嘛……可是护士已经帮我把信发出去了，想拿回来又拿不回来。想让你收到后不要拆开，直接把信撕了。可就你那臭脾气，我知道你肯定是要拆开看的。

算了，算了。你要看就看吧。”鸫说。

“到底怎么着啊？让看不让看啊？”鸫给我写了封信……这让我感到莫名的兴奋。

“看吧，看吧。”鸫笑着说。

“我这次的确是觉得死了一回。所以，那封信说不定写对了。从今往后，说不定我会一点点地发生改变呢。”

我不知道鸫到底想说什么。但是在内心里的某个地方，我觉得自己好像已经明白了。我一下子不知道说什么好。正在这时，鸫说：“哎，恭一来了。让他跟你说。再见。”说完就走了，连我叫她，她大概也没有听见。

“赶快回病房去！”恭一叫着。

“喂？喂？”恭一大概连电话里是谁都没有弄清楚呢。

真是的，这个鸫太任性了。这个时候，她肯定正急急忙忙地穿过走廊回病房去吧。娇小的身体，却像个皇帝一样挺着胸脯。

我哭笑不得，只好也冲着话筒说：“喂，喂。”

“啊，是玛丽亚啊。”恭一笑了。

“听说鸫一度情况很危险？”我说。

“嗯，不过现在好像又欢蹦乱跳的了。曾经有一度都不让探视了，情况特别严重，把我吓坏了。”恭一说。

“替我再好好问候问候她。……哎，如果鸫搬到山里去了，恭一是不是觉得会自然而然地和鸫分手呢？”问题在不知不觉中脱口而出。

“嗯……将来的事会怎样，还没有离开谁也不知道。像她那样个性强烈的女孩儿，我觉得肯定很难再遇到。那丫头真的让人迷恋，没有比她再完美的杰作了。这个夏天大概会让我终生难忘吧。即使将来分手了，也会让我一生都铭刻在心的。这是毫无疑问的。”恭一平静地说道。

“而且，山本屋虽然没了，但是我们家的饭店会一直在这儿，你们什么时候来都可以啊。”

“……对，那么我们永远会像这个夏天一样，彼此牵挂，会吗？”

“会吧。”恭一笑着说。

“哎，阳子从大门口进来了。拿着百合花。啊，在大厅的拐角处和一个病人撞了一下，正在道歉……来了来了。那，我把电话给她了。”

“喂，是哪位？”阳子接过电话问道。我一边回答阳子，一边想，今天简直像是游行一样，一个接着一个啊。于是，我坐在椅子上，看着窗外的天空，和阳子说着话。午后的阳光从窗外照射进来，呈四角形洒满了房间的各个角落。这时，我感到内心里有一个决意静静地涌了上来，它虽然毫无来由，也还没有清晰的形状，但我却能感到它慢慢地充满我的内心——从此，我将在这里生活了。

玛丽亚：

让我说中了吧。

也就是说，当你收到这封信时，也许你正准备来参加我的葬礼吧。这回真的成了“妖怪信箱”了。

秋天的葬礼太寂寞了，真没意思。

最近这段时间，一直在给你写信。写了撕掉，然后再重新写。为什么是给你写呢？不知怎么，我总觉得，在我周围也只有你能够对我的语言作出最正确的判断和理解。

现在，当我真的面临死亡的时候，我希望能给你留下一封信。其他人大概都只会傻乎乎地没完没了地哭，然后按照自己的善意理解，把我这个人想成这样那样。一想到这些，我就觉得倒胃口。恭一还有一些需要观察的地方。恋爱本来就是一场战斗，不到最后不能向对方示弱。

真的，你这家伙为什么看上去那么愚笨，却总是能用自己那恰到好处的宽容去观测和理解事物呢？真是不可思议。

另外还有一件事，这次住院后不久，

我读了一本名叫做《死亡地带》的小说。本来是闲着无聊想用来打发时间的，没想到小说很有意思，我是一气把它读完的。后来我的身体情况越来越不好，连说话都困难了。不过作为一个身体衰弱的人来说，对于小说中描写青年主人公越来越衰弱时的样子，真的是感同身受。小说是从主人公遇到车祸，身体被撞得支离破碎的样子开始写起的。给人感觉这个主人公的命运真是多灾多难。他在一次次的厄运、一次次的灾祸中终于走向死亡。最后一章写的是他给父亲和恋人的遗书，一封从死亡地带发出的信。读着那些信，连我都不由得哭了。而且，我非常羡慕像他们那样写信和收信的过程。于是，就给你写了这封信。

前一段时间，我一边给那些小混混们挖着陷阱，一边想了很多很多。就是为了在体力劳动时也不让脑子闲着吧。后来，被阳子一边流泪一边数落了一顿，那个傻瓜，那个如果我就这样下去，她可能连婚也不结地照顾我一辈子的大白痴阳子的话，让我更加彻底地认清了自己，觉得好像一下子清清楚楚地看到了自己的样子。我看清楚了，至今为止是大家竭尽全力才勉强支撑着我这虚弱的身体活到今天，而我却是一个乱发脾气、霸道不懂事的娇弱苍白的小女儿。而且大概一辈子都改变不了了。

这并不是我在反省，我一点儿那样的意思也没有。而且，以前我对此也早就了然于心。

只是，在意识变得模糊不清，肉体也达到了极限的状态下，我恍恍惚惚地思考这些事情时，不可思议地竟然感觉很好，我不得不想自己大概真的是快要死了。想想吧，挖那样一个大陷阱，即使是身体健康的人大概也吃不消吧。作为我的最后一个工作，却是再适合不过了，虽然干得很艰难。

而且，因为是在别人家的院子里挖，绝对不能被发现，所以行动只能在半夜进行。一边挖，一边悄悄地把土一点一点地运出去。

快挖好的时候，坑也变得很深，从坑底看上去，能够看到天上的星星。土很硬，我的手上伤痕累累。我就是这样一天天地迎接着夏日黎明的到来的。

从那个坑底。

天空一点点儿地变白，从狭窄的视野里，看着星星慢慢地消失，筋疲力尽的我想了很多。为了不让妈妈发现脏衣服，我总是穿着泳衣干活儿，外面再披一件从没洗过的满是泥泞的外套。于是，我突然意识到，至今为止在我的记忆里还不曾有过穿着泳衣在海里游泳的时候，游泳课也总是在岸上观摩。想想看，至今我连自由泳都不会游。每天去学校要爬一个坡，每次爬那个坡都累得我上气不接下气。还想起来，我好像也从来没有参加过学校的早会，因为那需要站很久。以前我一直没意识到，在那种时候，我从来不去看我小小的脚下，而总是抬起头看着蓝天。

现在我觉得呼吸好困难，身体好像被棉被压着，特别沉重。

吃不下东西，如果说有什么能吃的，就只有妈妈带来的家里腌的咸菜之类的东西了。可笑吧，玛丽亚。

过去，不管遇到什么，内心里总是充满活力，乐观向上的。可是，现在那里的库存已经接近零了。

老实说，我真的不行了。

而且我不喜欢夜晚。

灯被关掉，病房里变得一片黑暗的时候，我心情阴郁得无以复加，甚至想哭。但是哭只会更累。只好耐着黑暗，点着一个小灯，一点一点儿地写这封信。我的意识时而模糊，时而清醒，人昏昏沉沉的，大概稍微一碰就会倒下吧。然后变成一具毫无用处的尸体，让你们这些白痴们哇哇地大哭。

每天早上，有个丑陋的护士来帮我拉开窗帘。

刚醒来的那一瞬，感觉是最不好的。口干舌燥，头又重又痛，就好像被高烧烧干了的木乃伊一样。不好的时候，很快被扎上点滴什么的，简直是地狱。

但是，打开窗帘推开窗户后，海风就会伴随着阳光一起扑进房间里来。我半闭着眼睛，在明亮的阳光里，迷迷糊糊地梦见自己去遛狗。

我的人生毫无意义和价值。如果说有什么值得回忆的，能够想起来的就只有这些了。

不管怎样，能够死在这个渔村，我很高兴。

祝好。

TUGUMI

后　记

每年夏天，我们一家都会到西伊豆去度过。已经十多年了，我们总是住在同一个地方、同一家旅馆。所以，那里就像是我的故乡一样。每个夏天，我都是这样无所事事、百无聊赖地在那里度过。

那是一段空空的，除了海仍是海，每天除了散步、游泳，就是等着黄昏来临的不断重复的日子。我一直想把自己在那些日子里的内心感触完整地记下来。于是便写了这本小说。这样一来，假如将来我或者我的家人失去了记忆，只要读到这本小说，大概就能回想起那些难忘的事情吧。另外，鸫就是我。这么不好的性格，除了我，不可能再有别的什么人。

在这本小说的写作期间，我的心情一直非常愉快。感谢中央公论社的各位协作者。同时也感谢

《嘉人》(Marie Claire)杂志社的诸位，特别是安原显先生。

这本书，我想献给阳子的原型金岛阳子小姐和创作了精美插图[①]的山本容子小姐。

谢谢大家阅读本书。

吉本芭娜娜

---

① 日版书中插图，因版权关系，此书中已删。

文库版后记

1. 鸫家经营的旅馆叫什么名字？
2. 在烟花大会的晚上，大家吃的水果是什么？
3. 在电影《鸫》里，玛丽亚的父亲是做什么工作的？

……很想模仿一下同行竹下龙之介先生在《天才小艾莉》系列作品中这种猜题式后记的写法。可是，前些天突然有人问我："哎？鸫和玛丽亚是表姐妹，对吧？"因为是很久以前写的了，我竟一时回答不上来了。因此，只好放弃模仿。这本小说几乎没有经过任何精心修改，如果说它还有一点儿可取之处的话，大概就是"作者在这本小说里生动地再现了那个一去不复返的夏天"吧。

实际上，在海边，除了黏黏糊糊的海带以外，就是像蟑螂一样的海蛆，当然还有海蜇等可怕的生物。海水呛到鼻子里时很痛苦，在海滩上散步时，脚底被沙子硌得生疼。与之相同的，大概是乡下的青春时光有着更多的青涩味道和真实感触吧。没有像这本小说里写的那样顺利美好。是因为人们被像细沙一样的生活磨砺得疲倦麻木了，甚至无法感觉到年轻人那原始的能量在黄昏来临时的骚动。

突然想问一个问题，还记得你的初恋吗？

那时候，只要和心爱的人走在一起，都觉得这个世界是那么美好。那时的感情和能量是那么纯净透明。

这本小说就是以那个时候的世界观、宇宙观写成的。那是很难留住的一种独特美丽圆润的风景。孩子们在初恋时，傲慢的内心才会开始被眼前的“自然”生生地触动。山啊海啊自己走过的柏油路啊，还有周围形形色色的人们。

鸫不会永远那样活着。这本小说的结尾是鸫的新生活的开始。也就是说，过去的鸫“死”了。当然，读者怎样去读、怎样去理解都可以，而我却是这样希望的——鸫从此将开始新的人生。

虽然现在早已淡漠了，但是很久以前，我们三个人都曾经深深地迷恋过NHK上演的电视连续剧

《少年奥菲斯》，我也特别喜欢。

谢谢大家的来信。谢谢大家阅读这本小说。

我也要感谢我的父母，如果不是他们每年夏天带我去西伊豆，我也写不出这本小说。

小说连载过程中，一直得到了安原显先生的关照，在这里表示感谢，同时也感谢他为本书写了解说。

我还要感谢这本小说的责任编辑渡边幸博先生，您辛苦了。

另外，特别感谢初次合作却担任了特别重要的工作的装帧设计师山本容子小姐，以及依然像“阳子”那样每天在身边陪伴着我的金岛阳子小姐。

再见。

二月寒冷的日子，
在附近玉川拉面店吃完拉面回家后

吉本芭娜娜

图书在版编目（CIP）数据

鸫 /（日）吉本芭娜娜著；弭铁娟译 .
—上海：上海译文出版社，2018.11（2023. 5重印）
（吉本芭娜娜作品系列）
ISBN 978-7-5327-7852-2

Ⅰ. ①鸫 … Ⅱ. ①吉… ②弭… Ⅲ. ①中篇小说—日
本—现代 Ⅳ. ①I313.45

中国版本图书馆 CIP 数据核字（2018）第 086288 号

鸫

TUGUMI

［日］吉本芭娜娜　著

弭铁娟　译

出版统筹　赵武平
责任编辑　叶晓瑶
装帧设计　尚燕平

上海译文出版社有限公司出版、发行
网址：www. yiwen. com. cn
201101　上海市闵行区号景路159弄B座
江阴市机关印刷服务有限公司印刷

开本 787×1092　1/32　印张 7.25　插页 5　字数 73,000
2018 年 11 月第 1 版　2023 年 5 月第 2 次印刷

ISBN 978-7-5327-7852-2/I · 4831
定价：48. 00 元